画境文心

屈健艺文自选集

屈健 著

北京
科学出版社

图书在版编目（CIP）数据

画境文心：屈健艺文自选集／屈健著．— 北京：科学出版社，2019.11

ISBN 978-7-03-062338-6

Ⅰ．①画… Ⅱ．①屈… Ⅲ．①文艺－作品综合集－中国－当代 Ⅳ．①I217.2

中国版本图书馆 CIP 数据核字（2019）第 206910 号

责任编辑：杜长清／责任校对：王晓茜

责任印制：师艳茹／封面设计：雅昌设计中心·北京

联系电话：010-64019653

科学出版社出版

北京东黄城根北街 16 号

邮政编码：100717

http://www.sciencep.com

北京雅昌艺术印刷有限公司印刷

科学出版社发行 各地新华书店经销

*

2019 年 11 月第 一 版 开本：787×1092 1/8

2019 年 11 月第一次印刷 印张：26

字数：181 000

定价：398.00 元

（如有印装质量问题，我社负责调换）

屈健，先后毕业于西安美术学院国画系、南京艺术学院美术学院，获文学博士学位。现为西北大学艺术学院院长、教授、博士生导师，中国文艺评论家协会理事，中国美术家协会理事，陕西省美术家协会副主席，陕西省中国画学会副会长。入选国家“百千万人才工程”，并获“有突出贡献中青年专家”荣誉称号。陕西省高校人文社科“青年英才”、陕西省“百青”艺术家、陕西省“六个一批”人才。

作品曾入选第八届全国美展、新时代中国画展、第十一届全国美展当代美术创作论坛、中国文艺长安论坛等10余次全国大展及高层论坛。获国家、部省级奖励16次，以及陕西省高校人文社科优秀成果奖一等奖、首届陕西美术奖（最高奖）、第四届陕西文艺评论奖一等奖等奖励。在《文艺研究》《美术研究》《美术》《新美术》《美术观察》《中国文艺评论》等期刊发表论文60余篇、作品数百件。出版著作、教材、画册10余部。主持完成国家社科、国家艺术、教育部、中国文联等基金项目10余项。

闭着眼睛看画（代序）

6 月 22 日，凌晨三点，在前后经历了三十多个小时，几乎没怎么合眼的状态下，我才从多伦多辗转飞回到西安。像这样的情况，本来想着一觉睡上十个小时，怎么说也不为过吧？而这两日倒好！白天不但精神，还成夜猫子了。躺在床上睡不着觉的屈健对很想睡觉的屈健说："Hi，伙计，知道吧？这就是传说中的众人皆睡你独醒哦！现场采访一下，请问先生有何感想？"恍惚间，来了一点诗意……

于是，"闭着眼睛看画"这么一个相当荒唐的想法，便借了我的手机屏幕开始了它的奇妙之旅。

有时候，我甚至觉得，漫漫长夜应该是思想家的同伙！别看我平日里脑子木讷，想啥忘啥，遇事总觉得反应慢半拍，但人一旦躺在床上，有时候竟然会思如泉涌。用科学来解释这个有趣的现象，据说是脑部血液供应充足，"吃饱"了新鲜血液的脑细胞总少不了要想入非非。我的很多坐着想了很长时间都没有思路的文字，还有所谓的"诗"，多半能在身体与床平行的状态下涌现。而我，不幸的是，偏偏不怎么热恋床，所以，应该说，这个不太好的习惯直接影响了我在文字方面的表现。或者，少了一些有趣想法的诞生。我的意思是说，当一个人心静不下来时，就更容易干一些重复性的劳动，比如坐办公室，比如上网，比如机械性地重复画一些应酬的书画……为了这件烦恼事，我曾私下里学着某艺术家的样子，在四五年间写过两篇所谓的"告索画者书"，文字何其洋洋洒洒，入情入理。我甚至觉得这是我直到目前为止写得最有力量的文字，甚至卢文智同学和杨毅柳同学都能把精彩的片段倒背下来，其中有一篇还完整地被我的一个发小雅室琴韵同学搬到了自己的微博上，并紧密联系自己的索画遭遇不怀好意地揶揄了一番，说我这是"宋氏笔法"。虽则如此，但结果却是完全与我的想法相反，真是越告画债越多，而每每在稍闲时想起这些事，我都是一头雾水，除了感叹"不是我不明白，是世界变化太快"之外，心底还会冒出不少冷汗。

抱歉！得转换一下姿势，你知道的，举着手机写字可不是一件好差事。曾经读过一篇文章，大意是说作者对于把书画之类艺术形式统称之为视觉艺术的不同看法，我很有同感。大致视觉是眼睛的基本自然功能，人人皆有，而人们又多自我感觉良好，不肯承认有着同样视力水平的眼睛，眼力或眼光却大有不同。有的人一眼能看明白的东西，有的人却怎么也弄不懂。这大概既不是视力问题，也不是视觉问题，而更多的和人脑的思辨能力有关。中国古人有“心想”之说，“心之官则思”，而“学而不思则罔”。于是乎，闭着眼睛看画，则少不了要打开“心目”，倒是省去了“五色令人目盲”的烦扰，更容易接近画者心灵的殿堂，才不至于被所谓的形象、色彩、线条等附加于艺术本体之上的形式所蛊惑，这也许就是“畅神”的妙义吧！

一直想在一本崭新的画册扉页上写一点文字，告诉爱我画者一个我眼中的自己，却没有想到，这篇文字竟然是以这样的方式生产出来的。是的，凌晨四点，手机备忘录，我与地球平行。

屈　健

2012 年 6 月 24 日，端午节后桃园

2019 年 7 月 29 日修改

目　　录

思想是笔墨之灵魂：“长安画派”的“笔墨”观及其价值

摘　要

“笔墨”是建构中国画形式语言最为独特的要素之一，也是建构中国画审美体系最为重要的特征之一，是中国画的基本问题。20 世纪以来，关于中国画的论争曾掀起过至少四次高潮，然而观其脉络，无论是“以西洋画改良中国画”，还是“新国画运动”，或者断言“中国画只能作为整个中国现代化绘画的保留画种而存在”，或者坚持“守住中国画的底线”，其本质仍是如何认识和看待“笔墨”的问题。而这一问题，却被“长安画派”的艺术家们在长期的艺术实践中给予了巧妙的解答——“思想是笔墨之灵魂”。直到今日，这一思想仍然具有极强的现实超越性，不断激发人们新的思考。

关键词

“长安画派”　笔墨　创新

“笔墨”是中国画的基本问题，是“形成中国画艺术特色的一个重要组成部分”[1]，亦是“中国画最宝贵的艺术特征”[2]。作为建构中国画形式语言最为独特的要素之一和建构中国画审美体系最为重要的特征之一，“笔墨”承载了诸多文化学上的意义，具有其核心的价值指向，因而备受历代画家、艺术理论家重视。唐·张彦远云，“骨气形似皆本于立意而归于用笔”，“运墨而五色具，谓之得意”。[3]五代·荆浩亦称：“吴道子画山水有笔而无墨，项容有墨而无笔，吾当采二子之所长，成一家之体。”[4]是故，“有笔有墨谓之画，有韵有趣谓之笔墨”[5]。现代黄宾虹亦指出，“论用笔法，必兼用墨，墨法之妙，全从笔出”[6]，强调有笔有墨，两者相辅相成，不可偏废。若从中国画笔墨的本质来看，所谓笔墨，当是由两个方面的内容来构成：一是由“笔”“墨”这种特定的工具材料所决定的独特的技法和材质特性，即构成中

【1】李可染语：载周积寅、史金城编纂：《近现代中国画大师谈艺录》，吉林美术出版社，1998：424。

【2】张大千语：载周积寅、史金城编纂：《近现代中国画大师谈艺录》，吉林美术出版社，1998：416。

【3】张彦远：《历代名画记》卷一，载周积寅编著：《中国画论辑要》，江苏美术出版社，2005：441。

【4】荆浩语：见郭若虚：《图画见闻志》卷二，载周积寅编著：《中国画论辑要》，江苏美术出版社，2005：464。

【5】恽寿平：《瓯香馆集》，吕凤棠点校，西泠印社，2012。

【6】黄宾虹语：载周积寅、史金城编纂：《近现代中国画大师谈艺录》，吉林美术出版社，2002：391。

秋江露冷

66cm×66cm

鶩寒
辛巳之春屈健梅者作

惊寒

200cm×180cm

国画形式语言的物质要素；二是由“笔墨形式”所凝聚的民族审美观念和传统文化思想，即建构中国画审美体系的精神要素。因此，笔墨既是物质名称，也是文化概念。在中国画的历史长河中，“笔墨”不仅凝聚着中华民族共同的心理、情感和精神气质特征，成为中国画的一种基本表现语言，而且成为中国画高度抽象的审美文化情结。20世纪以来，围绕中国画存留问题的论争曾掀起过至少四次高潮，然而观其脉络，无论是20世纪初期以陈独秀、吕澂为代表的“以西洋画改良中国画”的“美术革命”；还是缘起于20世纪50年代的“新国画运动”；或者20世纪80年代中期有人断言“中国画只能作为整个中国现代化绘画的保留画种而存在”，并试图创造一种“中国画系统无法容纳”的“现代中国绘画”的体系；或者20世纪末美术界围绕“笔墨等于零”和“守住中国画的底线”的论争，其本质问题仍是如何认识和看待“笔墨”的问题。而这一问题，却被“长安画派”的艺术家们在长期的艺术实践中给予了巧妙的解答——“思想是笔墨之灵魂”。

作为以描绘西北地缘性风貌特色见长、以巨变中的时代为主题的新“中国画”创新的代表，“长安画派”的艺术家们在特定时代背景下，能够准确把握住“思想是笔墨之灵魂”这一根本，在今天看来，不但凸显了笔墨主体的价值，有说服力地回答了艺术创新的主体与客体、历史与现代、物质与精神等一系列亟待解决的问题，而且无疑对切入当代艺术创新这一重大命题具有非常重要的现实参考价值。

“长安画派”绘画思想与艺术主张的形成是一个渐进的过程、一个不断发展的过程。它形成于中华民族觉醒、奋起之时，产生于巨大变革的时代。20世纪中国民主革命、社会主义革命与建设的特殊背景，以及多次文艺思想大论战，都对它产生了很大影响，尤其是新中国成立后无产阶级革命文艺思想成为“长安画派”绘画思想具有鲜明时代特色和顽强艺术创造生命力的最主要的源头。20世纪中期以后，以石鲁为代表的“长安画派”艺术家们在进行艰苦艺术实践探索的过程中，始终坚持理论的建构，探寻与思考亦是它对“笔墨”的精髓深刻理解的重要条件。

“长安画派”绘画思想中对于笔墨问题的认识，不但继承了古代绘画理论中“笔墨”理论之精要，而且在形而上的层面将其上升为“艺之总归，术之微要”的高度，认为“思想是笔墨之灵魂”，“画有笔墨则思想活，画无笔墨则思想死。画有我之思想，则有我之笔墨；画无我之思想，则徒作古人和自然之笔墨奴隶”，这些辩证的笔墨观当是对传统笔墨理论的一个重要发展。

在“长安画派”画家看来，“笔墨之为表现技巧，其理既深又浅，既概又微，既抽象又具体，既难又易。深者，通乎义理性情；

浅者，明乎物象形貌；概者，总其精神；微者，见于血肉；抽象者，概括乎诸种性属；具体者，不改于物形；难者，精到非易；易者，操之非难”[7]。它既不是复古家所谓的民族神秘之孤魂、崇洋家所谓的物体之皮毛，也不是务虚家所谓的“力透纸背”之神功、务实家所谓的不可言传之绝技，而是“既为内容之规定，又超于内容之范围”的“画之主客交织之生命线”。[8]这种对“笔墨”辩证而深邃的认识，直到时隔三十余年后的20世纪末，当吴冠中“脱离了具体画面的孤立的笔墨，其价值等于零”的论点引起广泛讨论时，人们似乎才发现，当代画家对“笔墨”的认识和理解，仍然主要局限在其作为“技巧”的层面，而不是从“中国画的文化本体”来认识，不知“笔墨自身能决定艺术风格、笔墨成为单独审美对象和造型语汇”[9]。这一本质特征也从一个侧面反衬出“长安画派”对“笔墨”理解的超越性。

针对新中国成立初期民族虚无主义对民族艺术遗产优良传统的一概否定，艺术上“全盘苏化”的倾向，“长安画派”的画家们认为中国画能够而且也已经把握了典型化的创作法则，具有反映现实本质的科学性，而且形成了它独特优美的民族形式。而构成其独特性的各种因素中，很重要的是它风格化的表现方法和笔墨的高度艺术技巧。作为中国画艺术语言的笔墨，成为民族形式的重要标志之一。它不仅是作为表现对象的形态、质感和造型技术，而且“更是加工、提炼过的善于表达思想性格的艺术技巧”。它以“美学思想的人民性、民族性和独特的形式风格相结合，达到高度的完整、统一与和谐”。它以“单纯的手法概括丰富的内容；追求强烈的矛盾对比，而不失统一；运用理想的手法，而不失真实”。[10]同时，“长安画派”的画家们还认识到“中国画的笔墨作为造型的基本条件，是有别于西洋素描的”。他们认为中西各有体系，特点不同，不能生搬硬套。那种“只要用中国的笔墨加上素描去描写生活就是新国画”的模式是完全行不通的，其结果必然是把“自己民族的独立的艺术变成西方资产阶级艺术的附

【7】石鲁：《学画录》，载叶坚、石丹主编：《石鲁艺术文集》，陕西人民美术出版社，2003：159-160。

【8】石鲁：《学画录》，载叶坚、石丹主编：《石鲁艺术文集》，陕西人民美术出版社，2003：160。

【9】陈绶祥语：见《如何看中国画的发展——中国艺术研究院美研所副所长陈绶祥访谈》，载《美术观察》，2000年第7期。

【10】石鲁：《为什么要继承和发展民族优秀传统》，载《美术研究》，1958年第4期。

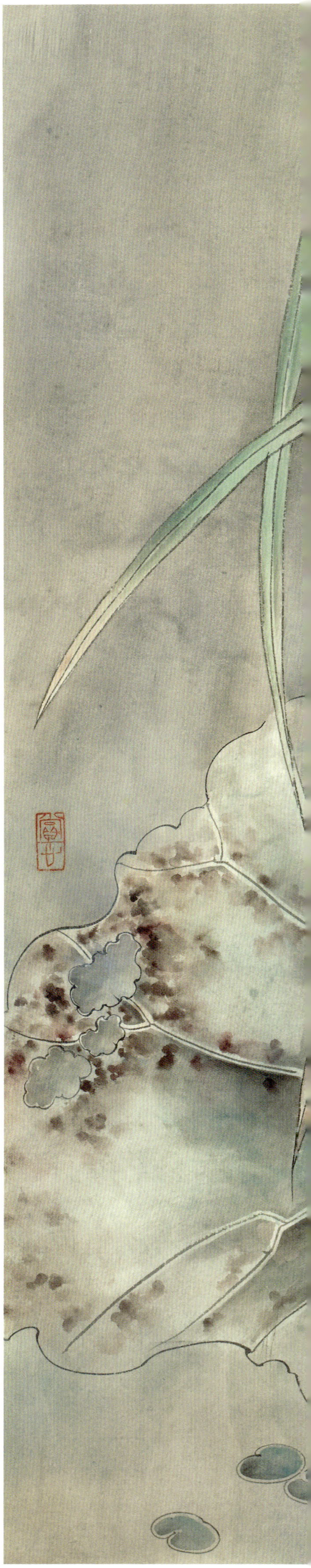

冷香

66cm×66cm

凡物之生而美者美本乎天者也本乎天自有之美也然孤芳獨美不如集衆芳以為美待乎集事
在乎人者也夫衆芳非各有美即美之类而集之集之云者生之植之養之培之使天地之芳無遺美
而其美自大
清人叶燮有此論美之語錄之補空
歲次丁亥仲秋時節
長安

清露

132cm×66cm

庸，而毁灭民族的自尊心与自信心，投入到世界主义的泥坑”[11]。

在回答文化保守主义者以“远无马夏”“近无四王”“笔墨无出处”“章法无规矩”“野怪乱黑”之词的责难时，“长安画派”的艺术家们认为，保守主义把艺术的流当成源，把具体表现程式当成艺术创作规律，以凝固的眼光对待随时代变化而必然有所变革的活的笔墨方法，是一种对艺术规律的教条理解。“艺术经验自然是难得的，必须经常地积累，但过于依赖经验，什么东西顺手，老使用什么东西，什么东西好吃，老吃什么东西，恐怕也会拉稀。”[12]传统的形式和技法应该重视，但不是局限于某家某派的模仿，更重要的是“传统形成的一般规律”[13]。石鲁认为，“艺术家与常人不同者，在于他能再生活，胸中尚有天地。生活之源，集于心中，形成一个内心世界，或者叫内心生活。所谓‘中发心源’，不是别的，而是生活的再生活”[14]。“人总是从自然界吸取精神力量，达到感情的升华。这种感情的变化，不取决于主观的愿望，乃是实践。伟大的感情是伟大实践的产物。”[15]对于前人的艺术经验、艺术方法、表现手法，“长安画派”始终强调“活”的学习方法，这种学习就是要以个人的生活为基础，直接面对生活，尊重自己的感受，有选择地吸收前人的技巧，创造自己独到的表现手法，强调“生活是画的源泉”，而“主体为人”。[16]“为画而生活，则画死；为生活而画，则画活。”[17]因此，“师古当观其变，师其创造之心可也。至于陈法，当识之为具”[18]。但这并不是说“长安画派”只重视生活而对传统之精华不够重视，相反，他们是“古、今、中、外、各家、各派无所不师”，只是在学习方法上“当择其为我、为时代能用者化而食之”[19]。在“借鉴古人传统的基础上，在美的海洋里，去探寻你自己所需的珍珠”[20]。同时，石鲁还以“意、理、法、趣”四字，言，“以法命笔者，则拘于定法”，“故艺求法则，虽以统一为定法，然矛盾变化则为活法”，[21]故不求谨毛失貌、笔笔拘泥而意到神生；意，即为“我之思想”统帅下的“主观神”与“客观神”之统一，是谓“全神”；理，概指客观事物之结构之理，亦指其发展变化之规律；法，前人之经验范式法则之集中；趣，笔墨变化是也。至于笔墨之“重、厚、拙、涩”，则为思想情感之所系，“笔墨既通人情，亦通于一代，若论书法金石，犹可观乎秦碑力劲，汉碑雄厚。即地域之别，亦有北画

【11】石鲁：《为什么要继承和发展民族优秀传统》，载《美术研究》，1958年第4期。

【12】石鲁：《新意新情》，载《美术》，1961年第6期。又载《石鲁艺术文集》，116。

【13】石鲁：《新意新情》，载《美术》，1961年第6期。又载《石鲁艺术文集》，118。

【14】石鲁：《谈感受》，载叶坚、石丹主编：《石鲁艺术文集》，陕西人民美术出版社，2003：137。

【15】石鲁：《生活·艺术散记》，载叶坚、石丹主编：《石鲁艺术文集》，陕西人民美术出版社，2003：132。

【16】石鲁：《学画录》，载叶坚、石丹主编：《石鲁艺术文集》，陕西人民美术出版社，2003：148。

【17】石鲁：《时代精神与艺术创作方法》，载叶坚、石丹主编：《石鲁艺术文集》，陕西人民美术出版社，2003：184-185。

【18】石鲁：《学画录》，载叶坚、石丹主编：《石鲁艺术文集》，陕西人民美术出版社，2003：165。

【19】石鲁：《学画录》，载叶坚、石丹主编：《石鲁艺术文集》，陕西人民美术出版社，2003：165。

【20】方济众语：《谈艺录》，载程征编：《长安中国画坛论集》，陕西人民美术出版社，1997：339。

【21】石鲁：《学画录》，载叶坚、石丹主编：《石鲁艺术文集》，陕西人民美术出版社，2003：166-168。

主刚、南画主柔之分，岂能归笔墨于一统哉”[22]。故石鲁在《学画录》中言：“思想为笔墨之灵魂，依活意而为之则一个万样，依死法而为之则万个一样。”这种“通”与“变”的思想，将“形而下”的笔墨技巧上升为具有自我特色的“形而上”的笔墨思想，当是“长安画派”在艺术实践中得以取得突破的关键所在。

自1961年“西安美协中国画研究室习作展”在北京展出并引起轰动至今，在特殊的时代背景与生存环境的转换中，“长安画派”一步步地实现着自身的成熟与完善，因而它就具有了与时代同步的鲜活性。

从绘画史的角度考察，“长安画派”“思想为笔墨之灵魂”的笔墨观的确在艺术反映时代性、民族性与人民性的方面走在了那个时代的前列，并且在探索地域特色与寻求表现中国画新内容、新形式以及艺术个性等多方面做出了自己的贡献。近半个世纪的风云变幻，各种艺术潮流的轮番登场，但“长安画派”所坚持的“不断探索”的艺术精神和“通”与“变”的艺术方法论确如它执着的性格一样，依然体现着超越现实的价值，都将作为当代中国绘画史上的一笔宝贵的财富，不断引发人们的思索。

在艺术选择多元化的当今，随着中国经济、文化实力的不断增强，艺术创作与研究必然会以更为开放的姿态面向世界，各种思潮纷繁芜杂，各种“创新”层出不穷，这就需要人们以更冷静的思想，统御“笔墨”，思考“笔墨”传统的再挖掘与“笔墨”的当代价值，以高度包容的姿态，对人类一切先进文化进行融会贯通，创造出既不负深厚民族文化传统，又能切入时代精神表现的最美音符。

（本文曾收入《第四届陕西文艺评论奖获奖作品集》，陕西文艺评论家协会编，2015）

【22】石鲁：《学画录》，载叶坚、石丹主编：《石鲁艺术文集》，陕西人民美术出版社，2003：160。

绿水风荷

66cm×132cm

中国画有的形式语言的本质，事实上与变化着的宇宙万象始终保持着若即若离的关系。这种移情造景的方式，构建了一套特有的文化审美模式。在中国画历史上，宋元以前，除黑色外，其他颜色使用较为普遍；宋元以后，水墨技法日臻完备，墨色之光彩和神韵愈益受到重视。

（摘自屈健《论中国画意象生成的形式要素》）

野水无香

66cm×132cm

青青草

66cm×32cm

中国画强调“外师造化，中得心源”，在表现上不是完全照抄模仿自然物象，而是加入了创作者的主观色彩，即在自然的基础上，有所思想，有所寄意。因此，白居易有“学无常师，故其指一意状一物，往往运思，中与神会”之语，似乎已悟出了中国画“妙在似与不似之间”的真谛。中国画家与诗人“游心之所在”，就是自身对造化自然的独特感悟，这也决定了中国画自始至终的浪漫主义情结和诗性的本质。

（摘自屈健《“诗画一律”与中国画的诗境美》）

香远

132cm×66cm

露冷莲房坠粉红

66cm×66cm

古人认为，“文如看山不喜平”，作画亦然。中国园林讲究以“曲径通幽”式的廊回路转、流水小桥分割空间，制造一种视觉上的隐蔽迷离之美。中国画亦常在笔墨意象的模糊中追求亦此亦彼、非此非彼，超以象外，得其环中的艺术效果。借助于形式外观的诗意化气质，引发人们对有限物象的联想，使画中最难表达的意态与神采转化为弦外之音的回响，使欣赏者能够在瞬间获得一个整体的对绘画时空观的认知与把握，正是其魅力之所在。这种认知通常是一个关于审美对象模糊的整体图景的显现，并不拘泥于某一细节，却更多地关注着诸如委婉、含蓄、一波三折的情境语言的运用，关注虚空、澄明、言外之意、象外之声的经营构思谋略，关注绘画艺术本体世界中点、线、面等抽象的艺术形式，关注绘画空间上的模糊性所引发的观众的想象力与再创造。

（摘自屈健《“诗画一律”与中国画的诗境美》）

源出一脉　两境共美

——也谈中国书法与汉字之关系

摘　要

中国的书法艺术是一门历史悠久的汉字书写艺术，从艺术社会学的视角来看，任何一位书法家的审美创造都是一个由文字到书写，再到书法的动态过程，是一个由时间连续转呈为空间存在的过程。在这个过程中，书法作为融合造型、表现、具象、抽象等多种因子，多元交织的艺术系统，在形、意、神诸多方面体现了汉字之美。只有两者达到了一种深刻的契合，才能获得欣赏者的共鸣，成为一种“当代的存在”。

关键词

书法　汉字　形意神

中国的书法艺术是一门历史悠久的“汉字的书写艺术”（邓散木《书法百问》）。可以说，离开了汉字，就没有了书法艺术。汉字是中国书法不可缺少的要素，陈廷祐先生认为，“一个汉字，一个书写，它们是书法的根本属性”，“如果将汉字比作书法的躯体，那么书写则赋予这躯体以灵魂”。[1]换句话说，书法艺术之所以能够成为一种艺术形式，能够有筋有肉、有血有骨地呈现其独特的审美价值与生命意味，离不开这两者的相互滋养。追根溯源，书法之美与汉字之美的交织与融会，从书法审美诞生之日起，就伴随着汉字的演化，在历史的长河里沉潜、流动、孳乳浸多，直至拓展、升华。对于书法艺术来说，它既发端于汉字，同时也在其成熟过程中逐步形成了自身内在的审美规律，逐步形成一种非仅寄生于汉字形态上的艺术形式。于汉字而言，它并不

白露

66cm×66cm

【1】陈廷祐《汉字、书写：书法生命之源》，载《中国书法》，1996年第3期。

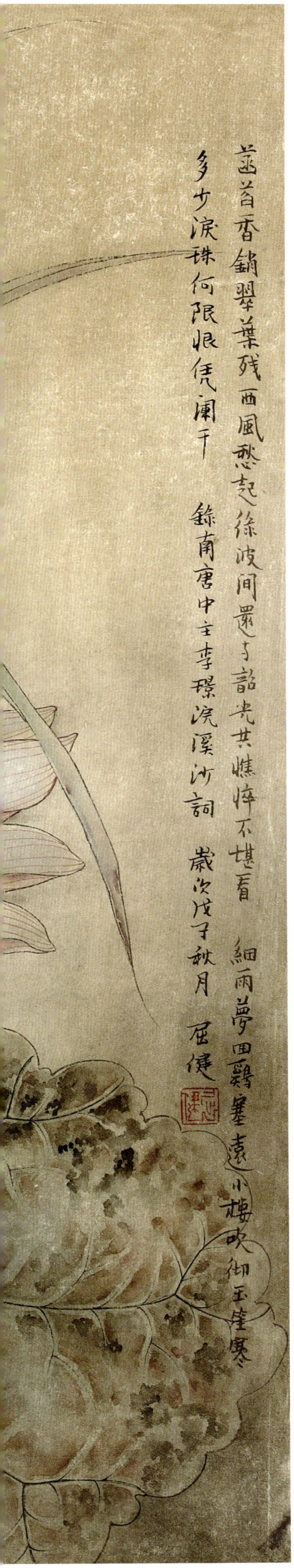

风动野水香

66cm×66cm

仅仅是工具性的存在，更有着自身独特的创造与内涵，作为记录中华民族情感的载体，符号化的汉字本身即是审美的客体。从艺术社会学的视角来看，任何一位书法家的审美创造都是一个由文字到书写，再到书法的动态过程，是一个由时间连续转呈为空间存在的过程。在这个过程中，书法作为融合造型、表现、具象、抽象等多种因子，多元交织的艺术系统，在形、意、神诸多方面体现了汉字之美。

1. 形之勾连

关于中国书法文化的溯源，古代书论家曾以上古传说“仓颉造字”“伏羲画卦”为肇端，如“皇颉作文，因物构思。观彼鸟迹，遂以成意”（成公绥《隶书体》）；“颉首有四目，通于神明。仰观奎星圜曲之势，俯察龟文鸟迹之象，博采众美，合而为字，是曰古文”（张怀瓘《书断》）。这些看似怪诞迷离的文字描述，却揭示了作为书法艺术“因物构思”的象形造型的审美特色。考古资料显示，“六书”所指的刻画系统（指事），譬如距今六千多年前的仰韶文化半坡陶器，以及龙山文化大汶口陶器刻画符号等，似乎显示汉字的构造一开始首先是从抽象系统起步的，但图形系统（象形）的出现，无疑增加了汉字的空间造型美感，为书法带来了“意外的收获”。

如果说对汉字形体结构的重视促使书法艺术中对点画结构和表现技巧的探索，那么对书法艺术形式美的不断追求又促使了文字形体的演变。汉字从甲骨文、金文的庄重肃穆，大篆、小篆、汉隶的装饰化倾向，直至隶变后产生的楷、行、草等书体的渐趋自由洒脱，以及后世不同的书写风格，都有力地显示了人们对于汉字形体、线条表达方式这些形式美要素的“一种比较自觉的追求”，是对以线条为特色的这一造型元素的重视和对它相对独立的表现作用的肯定，也使得作为书法美的线条、笔墨及其组合更具独立的审美意义，不再受“依类象形”的限制，趋向对创作者情感的挖掘，是文字和书法史上的一个里程碑式的进展。而所谓卦象为“文字之祖，万物之根”，用金学智先生的话说，则是“它混濛地触及了书法美的抽象符号因子”和“道合自然”的艺术辩证法因子，如形势、刚柔、动静、虚实等等，这些因子则是书法艺术与生俱来的“或多或少的美学秉性”。[2]

【2】金学智：《书法美的多本质性探讨与历史流程描述》，载《文艺研究》，1990 年第 1 期。

2. 意之绵延

意乃形之骨，是隐藏于书法表象之下，能令人感受领悟、玩味无穷的意味、意境。它是形神情理的统一，虚实有无的协调，既生于意外，又蕴于象内。文字作为语言的视觉符号，“书契之作，适以记言”（孙过庭《书谱》）其作用主要是用来交流。它是社会生活不可缺少的交际工具。从前面所述我们知道，中国书法与汉语言文字之关系，实在是密不可分。书法创作，不可离开书写，书写又必然有其文字内容，即其最初是与实用性相关联的。一篇好的书法作品，应该是内容与形式高度融合下的相得益彰与互相补充，是客体（汉字）“优美的形象”与审美主体“优美的表现”二者的结合（蒋彝语），而不是彼此分离。欣赏一幅作品，虽然最先进入人们视野的是书法的形式美，但当进一步再细细品味时，书写内容的情境则会进一步强化作品的感染力。如王羲之《兰亭集序》之书法尽管遒媚飘逸，自然天成，被誉为“章法为古今第一”（董其昌《画禅室随笔》），但若离开文字本身隽妙雅逸、潇洒自然之意境确是很难想象的。而颜真卿《祭侄稿》则通篇以悲愤沉郁、激烈豪纵之笔法，凸显了颜氏一门书文一体，浑然天成。这也正是中国书法之魅力与文化品质之所在，即内容与形式的统一性始终贯穿于其中。对它的欣赏，不同于对西方现代抽象绘画仅从点、线、面、用笔、结构、章法之意的纯形式趣味的欣赏，而是将文字之思想，内容之意味，与通过笔法转化为心灵感悟的抽象形式叠合为一，最终形成一个中国书法特有的、完整的审美感知印象。

3. 神之畅游

神乃形之魂，它本有启迪智慧、观照物我之意。作为中国古代美学的重要概念，自魏晋即有“传神”“畅神”之说。南朝宗炳《画山水序》最先提出：“圣贤暎于绝代，万趣融其神思。余复何为哉，畅神而已。”这是一个审美观念进入自觉状态的重大转变。对于书法艺术而言，由对文字的书写，进入对自由精神表达的追求；由应用而进一步趋向对更为抽象的符号、线条、笔墨的提炼的演变过程，是一个鲜明突出审美愉悦功能，强化审美主体意识，强调个体审美的自由和个体审美认识价值，摆脱“致用”与“比德”束缚的“畅神”之旅。如果说三代甲骨、吉金更多一点对自然“摹写”的可能的话，隶变之后，特别行、草书的滥觞，似乎应该说书法的表现性得以强化，更具有对于自然美与人格美的超脱和更丰富的情感体验，成为视觉领域中的独特表现。

蔡邕在《笔阵》中提出：“写者，散也。欲书，先散怀抱，任情恣肆，然后书之。”中国书法终归离不开“性情”与“灵感”的陶冶，它与绘画虽同源而异途，却不乏绘画的形象感；它不是

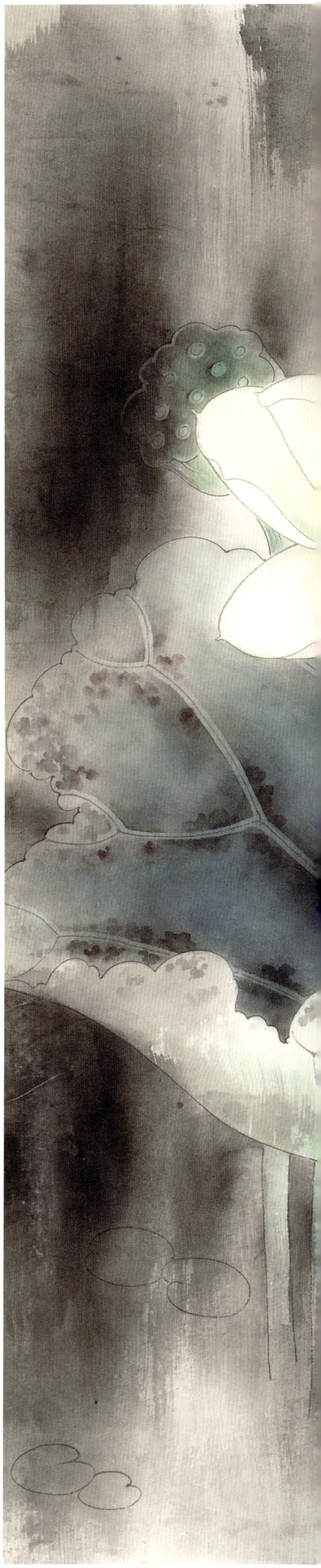

浮香
66cm×66cm

夫作文章但多立意令左穿右穴苦心竭智必須忘身不可拘束思若不來即須及清却寬之
令境生然後以境照之思則便來來即作文如其境思不來不可作余作是圖亦是如此 丁亥屈健

初雪
屈健長安

诗，却极具诗性的魅力；它不是音乐，却处处溢彩流韵。那洋溢着生命感、充满神采的线条、点画和笔墨的张力，是书法家“生命心灵之舞”，是人文精神与自由境界交织于一起的“神的畅游”，是“神、气、骨、肉、血”（苏轼论书）缺一不可的，能“达其性情，形其哀乐”（孙过庭《书谱》）的极具抒情性、表现性的抒发。

总之，书法与汉字作为源自于中国传统文化的精华，都不乏多义性与含蓄朦胧之妙，正所谓“玄妙之意，出于物类之表，幽深之理，伏于杳冥之间”（张怀瓘《书议》）。只有两者达到了一种深刻的契合，才能获得欣赏者的共鸣，成为一种“当代的存在”。

（本文曾发表于《人民论坛》，2017 年第 27 期）

初雪

66cm×66cm

赵望云绘画精神的当代意义
——与段宏刚的对话

编者按

20世纪60年代，在中国西北大地上诞生了一个非常有影响力的画派——“长安画派”，它的影响冲破地域界限，给当时较为死沉的中国画注入了新活力，书写了中国画如何关注社会现实的新篇章。作为“长安画派”的开拓者，赵望云先生（1906—1977年）去世距离我们近40多年了，他的思想、他的精神却仍然影响和滋养着当代的画家。在今天，我们如何看待赵望云的思想和精神，如何学以致用，为此，8月31日上午，笔者（段宏刚）采访了当代学者、画家、长安画派研究者——屈健先生，听他为我们解读这些疑问。

段宏刚：屈老师您好，学界认为，您的《20世纪“长安画派”及其影响研究》一书，是在深入探索“长安画派”的过程中，首次以综合研究的视角，把理论视角伸向纵深，在理论上和观念上是对前人研究的有效补充和扩展，能谈谈您这本书与众不同的地方吗？

屈健：“长安画派”研究方面，原来老一辈学者研究得比较多，他们主要分布在北京、陕西两地，像中国艺术研究院郎绍君、刘骁纯、刘曦林等，陕西本土学者如程征、王宁宇、王非等。这些学者的研究特色主要是从某一个点切入进去以后，做某一画家个案或某一问题的研究。从“长安画派”诞生到现在，还没有一本著作系统地从它的产生、发展、艺术思想，它的代表画家、贡献及影响这些方面，做一个全方面的、综合性的研究。我开始关注“长安画派”的系统性研究大概是十多年前，我在南京艺术学院做博士论文时，就选择了“长安画派”。作为一个在陕西本土成长起来的研究者，我认为“长安画派”的资源很丰富，但对它的研究却很不足。怎么从理论层面去升华它，给它一个什么样的定位，一直到现在都说得不是很清楚。基于此，我从2004年就开始着手“长安画派”的综合研究，一直到2007年完成博士论文，名字就叫《“长安画派”研究》。

春消息

46cm×46cm

文人画是以情感为基本特征的。浪漫表现性绘画思潮，从有唐以来，一直就以托物抒情，以画寄乐为其宗旨。而所谓“绘画以形似，见与儿童邻”正是苏子对先贤艺术实践的理论总结，并且在其后，一直被捧为文人绘画的至理。的确，文人画的这种艺术观念也正是把握了中国艺术的精神实质，把握了中国绘画诗性品质的特点，才经受住了时间风雨的考验，并一直影响至今。

（摘自屈健《“诗画一律”与中国画的诗境美》）

中国画家诗人“迹化自然，因心造境，曲尽蹈虚揖影之妙”（宗白华语）滋养了中国诗画的基本特征，使崇尚“虚空”之美的写意型的中国画与以“实”为本（巴门尼德的 Bing）的西方古典绘画在创作观念上形成了重要的区别。

（摘自屈健《“诗画一律”与中国画的诗境美》）

昨夜雨疏风骤

66cm×132cm

冻蕊

66cm×28cm

《20世纪“长安画派”及其影响研究》这本书是在博士论文的基础上，增加了一些近年来新的研究成果后出版的。如果要说这本书跟其他学者的有什么不同之处，我想就是它的综合性和系统性。我是把“长安画派”做了一个相对比较完整的梳理，当然，这个梳理是建立在以前学者研究成果的基础上，我把它向前推进了一点。综合性体现在对“长安画派”的评价不再像过去大多数的研究那样，是一个局部，对个体进行评判，而是尽可能把它放置于一个历史环境，进行整体的研究和评论。

段宏刚：也就是说，以前的评论不够全面，是点、线式的，您把它纳入了块、面式的评论体系，力求展现它的整体性。

屈健：学术研究没有止境。我的研究也称不上全面，我能做的只是尽可能全面。展现“长安画派”的整体性是这本书的一个特点；另一个特点就是对“长安画派”明确的新定位，这个定位也是基于前人的研究基础而推进一步。老一辈学者，尤其北京那几位影响大的学者，他们把“长安画派”定位为一个地方画派。如果这样定位，它的影响就突破不了区域性。陕西本土评论家王宁宇先生有所突破，他认为，如果把“长安画派”仅仅作为一个地域性画派，就有些因小失大。通过对“长安画派”的梳理和研究，我认为，不能把“长安画派”局限为一个地域性画派。因为当时产生“长安画派”时，新中国建立不久，有改造旧国画的外在动因，由国家提出这个课题，就是以什么方式来改造中国画，即把中国画由过去那种表现才子佳人的题材转变为表现人民群众、表现时代的形式。前人有“笔墨当随时代”这个命题，但要真正落实起来很难，它需要具体的方法来表现。因此，可以说“长安画派”是非常具有代表性的画派，它的产生背景和国家意志不谋而合；它把这个作为自身发展的目标，通过自己的探索、创作，最后完成了这个重大命题；它提交出的答卷具备国家意识形态主导的特征。基于这一点，我认为“长安画派”是一个跨地域的艺术流派，是代表着国家意识和国家审美的艺术流派。

段宏刚：评定一位画家的历史地位，两类画家不可替代，一个是开山鼻祖，另一个是登峰造极者。赵望云似乎在两方面都做出了卓越贡献，以您的理解，他一步步走向艺术巅峰经历了哪些重要节点？

屈健：赵望云作为“长安画派”的代表性画家，我在这本书里给他的定位是“长安画派”的实践先行者。“长安画派”产生是1949年以后的事情，它是受延安文艺和汉唐文化的影响，在西安这块地方形成的一个画派，它的产生离不开新中国的建立。赵望云是“长安画派”几位代表画家中最早来到西安的人，他的影响早于“长安画派”以集体面貌出现时的影响。赵望云1941年来到西安，当时西安还没有在全国有影响力的画家，他的到来可以说是这片区域中国画创作的拓荒者。赵望云在成长过程中，开始从一个外乡人一步一步引导当地画家，到后来拥有一批追随者，形成一个画派，他在这方面的作用不容忽视。一方面他是实践先行者，是开山者；另一方面，通过长期创作，赵望云在绘画上登峰造极，成为一代大师，所以说，他是“长安画派”不可替代的画家。

20世纪二三十年代初的旅行写生是他艺术的起点，选择表现劳苦大众是他第一个节点。这个节点决定了赵望云一辈子的发展方向：表现劳苦大众，以深沉的社会责任感来介入艺术，以旅行写生的方式来表现艺术，是他的独特之处。第二个节点就是1942年后他成为职业画家定居西安。30年代初期赵望云遇到冯玉祥，可以说是遇到了贵人，他对赵望云的帮助很大，把赵望云引领到了以艺术进行抗战的道路。1941年，由冯玉祥资助、赵望云主编的《抗战画刊》停刊后，赵望云对自己以前的艺术方式有所反思，他认为自己过去的旅行写生着重于写生，自己对艺术本质、艺术本体的理解还不够深入，对自己的笔墨表现不满意。这时期，关于笔墨的问题，赵望云请教了张大千，得以临案学习他作画的方法和风格，使自己在传统技法上获得很大进步。职业画家需要以画画来谋生，题材问题变得次要，艺术的表现力不可避免地成为关键问题。为了解决这个问题，赵望云恶补了一段传统笔墨，开始对中国古代美术作品作有计划的研究，赵望云早期绘画虽然因其深刻的民主进步性质和开拓性的社会题材顺应了时代的要求，但由于接受中国画传统技法学习的时间并不长，在中国画笔墨、技法等方面尚存在着诸多的先天不足。因此，在从投身社会洪流描绘时事的“旅行写生画家”向以卖画讨生活的职业画家的转变过程中，弥补传统功力之不足，提高绘画技艺，当是十分自然的事情。来到西安并定居于此，是赵望云后来能成为大师的必要条件。被社会关注，探索笔墨的表现力，是他成为大师必不可少的另一个基本条件。第三个节点是赵望云在西安和石鲁的相遇，他们的相遇碰撞出了思想的火花。赵望云从国统区而来，身上体现出传统文人的情怀，石鲁从延安走来，身上充满着革命的豪情，两者的结合，可以看作是长安文化与延安文艺的结合，这种结合产生出了一个具有划时代意义的“长安画派”。第四个节点是赵望云晚期对传统文化别样的认识，以及对传统艺术的回归。他晚期作品有一个典型图式——“骑驴进山”，这个图式反映出了赵望云对传统文化的重新认识与深沉反思。赵望云早期是反传统的，到晚期他越来越发现传统的精深，决定要把传统深入下去。对传统的重新认识使赵望云的绘画境界提升了不少。赵望云后期作品抛弃了颜色，用淡墨作画，画的格调达到了顶峰。可惜的是，他去世较早，没有把后期绘画的图式和才华充分展现出来。

段宏刚：有什么样的生活就有什么样的绘画，作为“长安画派”的旗手，赵望云经常旅行写生，关注劳苦大众，在绘画上一直坚持这个路子，他这种主动对接生活的探索方式，对当代画家有什么启示意义？

屈健：“长安画派”有一句非常著名的口号，“一手伸向传统，一手伸向生活”。“长安画派”所说的“生活”是有源头的，从赵望云开始的旅行写生，就是一种对生活的直接关注。他画中表现的形象、内容都是直接从生活中得来，这个路子从赵望云开始走起，一直走到赵望云和石鲁在长安会合。石鲁同样对写生很重视，也具备很强的写生能力，他们经常一起上陕北，下陕南，进林区进行写生。写生能和现实生活发生紧密联系，在绘画上走写生之路，通过他们的实践，被证明是一条正确的、成功的艺术之路。

当代画家存在一个问题，有一部分画家过于依赖技术，写生时都是蜻蜓点水，不怎么去体会写生对象，他们出去写生通常先

远水轻烟

66cm×66cm

用照相机把对象拍好，然后根据照片作画。这样做形象是有了，但是，作品里缺少现场感和只有面对描绘对象时充盈的感情。如果不跟写生对象进行深度交流的话，就无法产生感情上的共鸣，很难抓住表现对象的神韵。我以为，当代画家去写生，一定不能丢掉面对表现对象时的表现欲和创作激情，要带着感情，深入体悟生活，而不是只是出去走一下，转一下，通过相机拍摄一些素材带回来，然后整理、加工素材，创作一幅绘画作品。

段宏刚：有人说，赵望云20世纪70年代的晚期作品没有五六十年代的作品那么感人，您认可这种说法吗？为什么？

屈健：评定艺术作品是比较复杂的事。一个画家的成长，他的思想的变化，是随着时间的推移而不断变化的。五六十年代是赵望云精力、体力最好的时期，这时期的作品写生性很强，作品形象的生动性、客观性、具体性都要高于他后期的作品。20世纪70年代以后，赵望云渐老渐熟，对前期的艺术追求有新的认识，这时期的作品是他对传统文化不断深入咀嚼的产物，作品趋向于表现。写实好还是表现好，这是仁者见仁智者见智的事。也有人说赵望云晚期作品是最好的，代表人物就是中央美院的孙美兰教授，她认为赵望云晚期作品是“当代逸品”，是最有高度和深度的。

段宏刚：跟个人的审美情趣、品味、文化层次等方面有关，一刀切评判不够客观。

屈健：评判艺术作品见仁见智，一幅绘画作品，只要倾注了感情，我认为就是好的。

段宏刚：赵望云的作品，尤其山水，无论尺幅大小，都笔力雄健，墨气逼人，格调朴实无华，把笔墨的表现性和写实性结合得很好，与其说这是技法高超的产物，还不如说这是人格、思想和趣味的集中体现。以您的理解，赵望云人格和思想对当代有哪些影响？

屈健：赵望云是一位敦厚的长者，在“长安画派”画家中间，甚至在近现代画家中，他的特征都很明显，他的包容性相当强。作为一位教育家，赵望云在西安带出了黄胄、方济众、徐庶之三位高徒，他们都是在中国当代绘画史产生过重要影响的画家。从赵望云教出来的三个学生来看，每个学生都面貌各异，说明赵望云人格上有很强的包容性，能因材施教，根据每个学生的个性特点进行针对性培养。当时年轻的石鲁从延安来到西安后，赵望云身边已经有一批追随者，他很快接受了石鲁的绘画风格，两人开始相互学习、相互促进，共同为“长安画派”积蓄合力，这也足够说明赵望云的敦厚和包容。赵望云这种人格和性格能团结更多的人在周围，这对“长安画派”最终的形成起到了重要作用。赵望云绘画思想中有重要一条，即“不画不劳动的人”，他终生追求的是对社会现实的强烈关注，是现实主义的思想主导着他的创作。当代画家比较注重于个性的发展和自我感受的表达，如果能从赵望云的包容性和敦厚人格中汲取经验，我想会对自己的艺术有所启发。

段宏刚：郭沫若曾经把赵望云跟杜甫进行比较，认为他们在精神上是一脉相承的，都是现实主义创作者，是儒家精神的代表，这种精神是中华民族千百年来的优秀品质，在当代，这种精神很缺失，能说说原因吗？

屈健：赵望云身上表现出很强的儒家精神，儒家讲“修齐治平”，即修身、齐家、治国、平天下。这种政治理想体现在赵望云的艺术上，就是他始终用绘画表现劳苦大众，关注社会现实，跟杜甫有相似之处。杜甫的现实主义诗歌，如《兵车行》中“车辚辚，马萧萧，行人弓箭各在腰。爷娘妻子走相送，尘埃不见咸

雪似梅花梅似雪

132cm×66cm

多情又过秋风时
46cm×46cm

中国画作为中华民族传统文化的重要组成部分，是民族的心理结构和美学积淀的产物。写意性的绘画观、以神写形的创作方法、图像处理的某种抽象意味、规范的程式化表现手段和对笔墨象征性的高度重视，形成了中国画的独特风格。尤其是在中国画的意象生成过程中，意象、程式、笔墨及其内在的诸多抽象情感的发挥至关重要。在三者间，意象是跨视觉的，其形成过程具有某种超自然性，程式是中国画为实现艺术造型目的所惯用的符号化的方法，笔墨是使用这种方法后得到的总的效果——这种效果在一定程度上已超越了“象”的层面，上升为能传情达“意”的层面，把中国画感性形式充分、恰当、完善地表现为理性、抽象，甚至某种思辨意味的特殊手段。

（摘自屈健《论中国画意象生成的形式要素》）

阳桥”。讲的是战乱给当时社会造成的动荡的悲惨景象。又如《石壕吏》中“暮投石壕村，有吏夜捉人。老翁逾墙走，老妇出门看。”把战争给广大人民带来的深重灾难描写得非常准确。杜甫的许多现实主义诗歌，都表达了对劳动人民的深切同情和深沉的爱，他把饱满的情感倾注到了作品中。赵望云确实也是这样做的，如他早期发表在《大公报》的系列写生、《泰山刻石》等作品，直到后期的《桑山行》《林区写生》等作品，都表现了一种“先天下之忧而忧”的悲悯情怀。这种优秀的品质对当代很有启发，当代艺术最大的问题就是太看重个体发展，而思想上缺乏悲悯情怀，缺少感情，我们要多向大师们学习。

段宏刚：张载总结的横渠四句，“为天地立心，为生民立命，为往圣继绝学，为万世开太平”，他们在精神指向上一样，都心系天下，把个人得失看得很淡。

屈健：是这样的。在古代文人身上，这种情怀非常突出，他们把天下事看得比个人的事情重要得多。

段宏刚：以您的理解，当代对赵望云先生的研究还有哪些方面没有关注到，哪些方面还可以继续深挖下去？

屈健：就“长安画派”整体的研究来说，现在的研究人员要比过去多，但是，我觉得还是有些浮泛。赵望云是“长安画派”的大艺术家，他的个案的研究和“长安画派”整体的研究还不够细致和深入。最近我在做一个国家社科艺术基金项目：“长安画派”口述史研究，在原来的《20世纪“长安画派”及其影响研究》一书的基础上，我把它推进得再深入一些。“长安画派”文字的资料有限，通过历见者挖掘一些不为人知的历史是我做这个选题的目的。“长安画派”文字的历史基本上是官方主流的历史，有很多新的资料并没有在这些文字中体现出来。我最近正在采访有关专家，以及过去亲身经历过“长安画派”历史的人，希望通过这些人来补充以前文字中没有涉及的内容，尽量把文字记载的历史与口述的历史进行比对。尤其要把画家艺术和人生的关系搞清楚，因为一个人的艺术不是凭空而来，它和个人的人生有关，跟个人的思想和价值观有关。另外，现在对赵望云的作品缺乏系统的整理和研究，对赵望云整体的作品以及某一时期的某一件代表性作品还需要进一步深度研究。关于赵望云，要做的事情还很多，需要相当长的时间来做，目前我带三个博士生在协助我做这件事情，希望将来能系统的把“长安画派”的研究做得更扎实一些。如果把“长安画派”当作一个整体，当作一个大工程来做，必须有一个整体规划，并且需要投入大量精力和时间，不是一天两天就能搞得好，这不是一件容易的事。“长安画派”从20世纪60年代到现在，已经有半个多世纪了，是需要总结的时候了。现在距离“长安画派”代表画家去世不算久远，一些资料通过努力还能找到，但是，随着“长安画派”的见证者和亲历者一个个老去，从在世的人手中抢救这些资料刻不容缓。这是时代赋予我们的责任，我们要努力做好它。

误入藕花深处

92cm×182cm

“长安画派”绘画思想研究

摘 要

“长安画派”是1949年以来社会主义革命内容与民族气派、传统特色有机融合的产物，是以巨变中的时代为主题的新“中国画”创造新境界、新形式最为成功的范例之一。其艺术思想中所恪守的对“美术只有为人民服务才有前途”的艺术价值观、“一手伸向传统，一手伸向生活”的艺术方法论、“以神写形”的形神观以及对“思想是笔墨之灵魂”的笔墨主体价值的认识，都将作为当代中国绘画史上的一笔丰厚宝贵的财富，不断引发人们的思索。今天，当人们重新审视它的发展轨迹、梳理它的艺术思想、总结它的得失时，无疑对切入当代艺术与时代关系这一重大命题具有重要的现实参考价值。

关键词

“长安画派” 绘画思想 新“中国画” 创新

“长安画派”是20世纪中国美术史上重要的绘画流派之一，它与“岭南画派”“江苏画派”等不同绘画流派共同构成20世纪中国绘画地域风格波澜壮阔的篇章。尤其是在20世纪后半期，以描绘西北地缘性风貌特色见长的“长安画派”和以描绘东南地缘性风貌特色见长的“江苏画派”（亦有学者称“新金陵画派”），成为1949年以来社会主义革命内容与民族气派、传统特色有机融合和创造新“中国画”的新境界、新形式最为成功的范例之一。从“长安画派”在20世纪中叶的孕育、诞生并产生强烈的社会影响，至今已逾半世纪，然而，由于种种原因，人们对指导这一画派取得重大艺术创作成就的绘画思想还缺乏较为系统和深刻的挖掘，这与“长安画派”在现代中国绘画史上所产生的影响是不相称的。

作为一个绘画流派，“长安画派”形成于中华民族觉醒、奋起，产生巨大变革的时代。20世纪中国民主革命，社会主义革命与建设的特殊背景，以及多次文艺思想大论战，都对“长安画派”绘画思想的形成产生了很大影响，尤其是新中国成立后无产阶级革命文艺思想成为“长安画派”绘画思想具有鲜明时代特色和顽强艺术创造生命力的最主要的源头。

吹梦到西洲

136cm×136cm

“长安画派”绘画思想与艺术主张的形成是一个渐进的过程、

吹夢到西洲

在水一方

46cm×46cm

一个不断发展的过程。"赵望云和石鲁的艺术主张和政治信念实际上是从模糊到清晰一步一步地设计着一个画派的蓝图。"[1]"长安画派"在它的发展历史上，先后经历了孕育期，酝酿与准备期，多角度探索与集群风格的形成期，合力效应的发挥与发展、完善和创立新"中国画"时期，多向发散与本性回归期几个不同的阶段。在各个不同阶段中它的艺术思想并不是一成不变的，而是在发展中不断得到充实，并指导着"长安画派"画家们的艺术实践。方济众曾经说过："从近代美术发展史来看，如果长安确已形成了一个画派的话，从40年代到50年代来说，代表人物是赵望云；但从60年代到70年代来说，代表人物是石鲁。"[2]作为"长安画派"的奠基人与实践先行者，赵望云绘画思想中的平民意识主要来源于20世纪初的民主主义思想，他"非常坚定的艺术主张不是通过系统的理论，而是以基础雄厚的实践榜样对'长安画派'的风貌产生长期的、潜在的、深刻的影响"。而有着革命经历和出众天赋的石鲁则以"鲜明的口号，比较系统的理论和所向披靡的独创精神对'长安画派'产生过精神支柱的作用"。石鲁作为"长安画派"的理论旗手，"其理论基点本质上是文人格调和延安精神的时代化"[3]。事实上，石鲁通过《新意新情》《新与美》《学画录》等一系列理论上的独到见解，构建了20世纪60年代"长安画派"理论的基础，成为后来人们研究"长安画派"绘画思想的主要来源。他提出了将革命现实主义与革命浪漫主义相结合的精神视为"继古开今，创作批判"的纲领；提出了"生活决定精神，而人为主体"；提出了"物化为我，我化为笔墨"的主客观关系；提出了"以神造型，画贵全神"的新的形神观……"洋溢着创造精神和辩证思维，并以主体意识的强化成为其理论体系的特征"。[4]当然，这种理论体系也就成为"长安画派"绘画思想的基本内容，并且使"长安画派"画家们在朝着艺术反映时代精神这一主题前进时具有了更为科学的思想武器和明确目标。20世纪50年代末期至60年代初期是"长安画派"集群风格形成期，由于受到时代大潮与主旋律的支配，石鲁"有意识""有计划""有步骤""有措施""集思广益""互相影响""个性与共性的有

【1】王非：《论长安画派》，载《美术观察》，2002年第1期。

【2】方济众：《我所理解的"长安画派"》，载程征主编：《长安中国画坛论集》，陕西人民美术出版社，1997：41。

【3】程征语：载程征主编：《长安中国画坛论集》，陕西人民美术出版社，1997：49。

【4】刘曦林：《石鲁的旅程与艺术风神》，载《中国近现代名家画集——石鲁》序，人民美术出版社，1996。

机结合”[5]的创作实践方法，自然而然对“长安画派”艺术风格和特色的形成，起到了相当重要的作用，可以说，此期石鲁个人的艺术风格的那种“豪放酣畅的笔致与雄壮奔腾的气魄”，“自然合理地成为这个集体的基本标志与主题调式——这是内外的合力造成长安画家们风格的一次集合——聚变”。“此阶段中居于支配和核心地位的石鲁，以其强力型的性格与狂飙突进式的思维习惯给这个团体以深刻的影响，而他真诚的革命信念与感情，他敏锐而热烈的感情方式，他不屑苟同孜孜追求探索的进取观，恰恰与高扬发奋图强旗帜的中国社会政治环境所要求的相符合。这些，应当说是‘长安画派’能在当时的中国画坛，更精准地说是在中国画创新竞赛中后来居上的重要原因。”[6]当然，还应该看到，“长安画派”的绘画思想在特定的历史时期内，由于受到诸多内外因素的影响，它的前后期是不尽相同的，尤其是作为建构画派主要理论体系的石鲁，在经历了“文化大革命”十年的冷静思考后，他的艺术思想在后期逐步从艺术如何服务现实转向对艺术“形而上”问题的思考。

一、从“不画不劳动的人”到“美术只有为人民服务才有前途”——“长安画派”的艺术价值观的形成

“长安画派”形成于20世纪60年代，但“长安画派”绘画思想的萌芽却可以追溯到20世纪三四十年代。林木认为“长安画派”先驱赵望云在三十年代初期就已“具备了一般国画家所难以想象的马克思主义观念”，他“坚信自己所走的艺术道路是绝对正确的”[7]，这与新中国成立后“十七年”倡导的社会主义现实主义将描写工农兵英雄作为“头等重要大事”和“首要任务”的无产阶级革命文艺思想具有相当程度的相容性。赵望云主张改革国画，他认为绘画应反映下层劳动人民的生活苦境，应该让下层劳动人民看得懂，平民的艺术家制造作品自然趋向为所能说的事，所以他的作品都为众人所明白，而不是只为“少数阶级或只为一人及其从者”。在《赵望云农村写生集》自序中，他写道：“‘到民间去’的口号，无须再喊，但希望我们生在乡间的人们，走入城市之后，不要忘掉乡间。我是乡间人，画自己身历其境的景物，在我感到是一种生活的责任，此后我要以这种神圣的责任，作为终生生命之寄托。”[8]

在赵望云的绘画思想中，平民意识是其最重要的特色，也是他在职业艺术生涯中所一贯坚持的基本点。虽然“职业画家的生涯，也会为其艺术之选材和表现带来诸多的干扰，但他却坚持着既定的平民艺术的方向，依然地以人为本，以平民为本，揭示各民族劳苦大众之真实生活情状，为西北人民大声呼唤”[9]。因为，“‘大众时代’的艺术，已经不是有闲阶级或有钱阶级的消遣品了。现代艺术的价值已经不在于形态的美丽和雕刻的精致，而在于深

【5】叶坚：《石鲁与“长安画派”》，载程征主编：《长安中国画坛论集》，陕西人民美术出版社，1997：59。
【6】王宁宇：《论“长安画派”》，载王宁宇著：《拥抱尴尬》，陕西人民美术出版社，2002：205。
【7】林木：《二十世纪中国画坛“为人生”思潮的先驱》，载程征主编：《长安中国画坛论集》，陕西人民美术出版社，1997：93。
【8】《赵望云农村写生集》自序，载程征编：《从学徒到大师——画家赵望云》，陕西人民美术出版社，1992：25。
【9】刘曦林：《仰之为碑，望之若云——赵望云述评》，载中国美术馆，www.namoc.org。

春水碧如天

136cm×66cm

刻地、赤裸地描写现实社会的真相。于是，艺术就变成了大众生活的摄影机和收音器，为大众服务的工具”[10]。他宣称：“在我的画里，不画不劳动的人。”关于这一点，我们从他笔下描绘的众多的农民、牧民、士兵的生活可以得到现实的求证。他强调劳动群众和劳动本身对于绘画的重要性，认为劳动是新鲜艺术创作的源泉，“由劳动流出来的意识情感是无尽的，是新鲜的，因为劳动意识就是人类对于世界新创作关系的一种指示，至于有快乐愿望流出来的情感不但被限制，并且早就被人经验表现出来了，而上等阶级的骚愤便使艺术流于枯穷之途”[11]。赵望云这种自发性的平民意识与平民主义绘画思想符合了当时社会的变革，也顺应了中国社会发展的必然趋势，与石鲁受延安革命文艺和无产阶级文艺思想指导而提出的艺术主张是相互印证的，石鲁把这种“平民意识”即新时代的人民意识归纳为：“美术只有为人民服务才有前途，才有力量；美术只有为政治服务才有价值，才有作用；美术只有反映现实生活才有生气，才有发展。”[12]这是一个很重要的问题，如果将它还原到新中国成立初的文化背景中，我们不难发现，实际上它就是为谁而文艺的问题，是一个方向的问题。在石鲁看来，美术工作者如果在思想上、立场上以人民的思想为思想，以人民的需要为需要的话，就必须重视大量的普及的东西，而不能与人民脱离。那些认为形式是独立的，只要掌握了形式，掌握了技巧，好像什么内容都可以表现，“显然是把内容与形式看成机械的联系，或者形式与技巧倒可以决定内容，这显然是形式主义的思想表现”。石鲁认为：“任何形式只有充分表达内容，而且为群众懂得又喜闻乐见，就是可以存在的。”[13]但在普及与提高的关系上，“应当以人民出发又以人民为归依”，“不是自己站在提高的凳子上，随便给‘普及’一点黑面包皮；不是把给少数人所欣赏的东西看得重，而不把最大的心血献给大多数人；不是根据个人的兴趣去创作，而是以群众的兴趣为兴趣，把个人的兴趣与群众兴趣统一起来，同群众一块去提高，以达到真正提高”。[14]石鲁后来更明确地指出：“社会主义的艺术是为广大的劳动人民群众服务的。它在内容上是以社会主义的精神

【10】冯玉祥：《赵望云塞上写生集》序，载《赵望云塞上写生集》，山东画报出版社，1999：1。

【11】《赵望云早期画论选辑》，载程征主编：《长安中国画坛论集》，陕西人民美术出版社，1997：137。

【12】石鲁：《如何开展西北的人民美术运动》，载叶坚、石丹主编：《石鲁艺术文集》，陕西人民美术出版社，2003：17。

【13】石鲁：《如何开展西北的人民美术运动》，载叶坚、石丹主编：《石鲁艺术文集》，陕西人民美术出版社，2003：18-19。

【14】石鲁：《年画创作检讨》，载《人民美术》，1950年第2期。

料是春风最多情

34cm×68cm

中国古代哲学认为，宇宙万物永恒地循环运动，周而复始，对立统一。中国绘画以黑白概括五彩缤纷的世界，认为黑与白为五色之极，是既相互对立又相互转化的。五色到了终极，就会转化到黑白的纯粹状态，甚至使笔墨的表现沾染了道德的色彩，因此增加了中国画审美的模糊性和神秘性。

（摘自屈健《论中国画意象生成的形式要素》）

秋光

136cm×66cm

教育人民，与人民的生活理想，与美的要求相结合；同时在形式上，也必须通过群众喜闻乐见的中国气派与中国作风的民族形式与人民相结合。”[15]“艺术创作上不断追求新与美，不仅是艺术必须具有的独创性，而且是艺术反映生活的根本任务。”但为人民大众服务的艺术，“并不是简单地、客观地将人民群众生活冷漠地描摹下来，或纯粹凭自我主观感受歪曲地反映下来就完事”。而是要求画家“深入群众的生活与斗争，与人民同心同德，感情交融，爱憎一致，才能真正发现和表达出人民的生活本质，才能创作出又‘新’又‘美’的图画，使其变为人民群众推动历史前进的精神力量”。他还指出：“新与美，不仅存在于理想，而且首先根植于现实之中，根本不需要什么虚伪的装饰……我们的艺术创作的主要任务，是以维护新事物的成长壮大，歌颂人民的光明的生活未来，表现共产主义的精神品质为根本的目的。”[16]如果说，赵望云“不画不劳动的人”还是一种朴素的自觉的平民意识的话，那么到了石鲁“美术只有为人民服务才有前途”的思想的形成则更多地表明，“长安画派”已具备了与时代发展要求更加和谐一致的马克思主义艺术价值观，那么，它自身的发展、壮大、成熟也就成了历史的必然性。

二、“一手伸向传统，一手伸向生活”——“长安画派”的艺术方法论

在对待继承与创新的问题上，“长安画派”主张从“了解整个中国绘画传统的规律”的高度出发，去“真正追本寻源”，把先进的革命理念和对生活的新意新情用中国画传统的笔墨表现出来，并在这一过程中探索中国绘画特有的表现方法，做到继承与创新有机结合。尊重传统，把民族艺术形式看作是不同民族共同的心理特征以及全部文化的总汇，是美术家以艺术更好地为工农兵服务的努力目标之一。针对20世纪50–60年代一度流行甚广的民族虚无主义与文化保守主义的思潮，石鲁在认真思考、总结中国传统文化精神的基础上，结合他自己对中国画各种表现形式的体悟，以及“长安画派”其他画家的经验，鲜明地提出了“一手伸向传统，一手伸向生活”的主张，从艺术方法论的高度上指明了如何对待传统文化艺术的继承，如何表现时代精神这两个关键问题，使“长安画派”的艺术创造具有了更深的民族文化的根基，更具有了“民族性”和“人民性”。“一手伸向传统，一手伸向生活”成为“长安画派”绘画思想上的一个基本观点和重要特色。

“长安画派”认为任何创造都不是凭空而来的，离开生活不行，离开传统也不行，传统的形式和技法，必须得到重视，但他们所强调的“传统”，不是局限于对某代某家某个程式的简单模仿，而更重要的是要研究传统形成的一般规律。将革命现实主义与革命浪漫主义相结合的表现方法与“继古开今，创作批判”的精神结合起来，对传统进行辩证地分析，以“批判的态度去继承和发扬”[17]，创造出“具有与新的时代生活内容相适应的新的民族形式”[18]。这一点可以从下面的文字里得到证实：

古人做学问讲究道、理、法，绘画又何尝不是如此，法可以根据道、理产生，这样产生的法也比较自由，如果一定要说画树要以王石谷的画法才行，那么王石谷又从何人而来的呢？荆、关、

【15】石鲁：《为什么要继承与发展民族优秀传统》，载《美术研究》，1958年第4期。

【16】石鲁：《新与美》，载《思想战线》，1959年第12期。

【17】石鲁：《关于艺术形式问题》，载叶坚、石丹主编：《石鲁艺术文集》，陕西人民美术出版社，2003：33。

【18】石鲁：《关于艺术形式问题》，载叶坚、石丹主编：《石鲁艺术文集》，陕西人民美术出版社，2003：34。

董、巨又从何而来呢？真正的追本求源，不仅是各家继承的演变，而更重要的是了解整个中国绘画传统的规律，如果古人是根据彼时彼地的感觉、材料而创造出表现方法，我们何尝不可以根据此时此地的印象去探求特有的表现方法呢？我认为这是摸索适应新内容的新形式的关键，我以为区分不同形式的主要标志之一是不同的表现方法，要探索新形式首先就要从表现方法开始，特定的内容要求相应的形式，这个形式属于这个内容，穿别人的鞋总是不合脚，我要有我法，但我法又要与古法的一般规律特点相通，也就是要合乎艺术形式美的法则。我们的这些习作，有的说没有传统，有的说有传统。我看还是有也没有，似又不似才好，总的似，个别又不似，鲁迅说：‘旧形式是采取，必有所删除，既有删除，必有所增益。这结果是新形式的出现，也就是变革。’而对变革起推动作用的因素是什么呢，我想外因总是通过内因而起作用，艺术创造的重要方面之一是个人主观的感受。[19]

从这段文字中，可以看出“长安画派”对“传统”理解的方法论意义：

（1）整个中国绘画传统的规律是活的规律，因此，对待传统要活用，“古人根据彼时彼地的感觉、材料而创造出的表现方法”启示我们“摸索适应新内容的新形式的关键”在于以“此时此地的印象去探求特有的表现方法”。既然艺术形式与艺术所要表现的对象、内容是不可分割的统一整体，那么，民族形式就不能是既成不变的东西，正如艺术史上，不同时代具有不同的时代风格一样，今天我们也要求艺术形式应具有与新的时代生活内容相适应的新的民族形式，“但这种新的民族形式的出现，是不能从空而降，也不是从外而来，而只能是从生活的源泉出发，沿着传统的河流去寻找”。在批判地利用旧的形式中，首先是理解和掌握传统形式的规律和特征，“保持其富有生命力的成分，也会删除，也会增加和吸收。结果就可能是新的民族形式的出现”[20]。

（2）新的形式需要新的表现方法，特定的内容要求相应的形式，这个形式属于这个内容：生活内容只能给我们的形式创造以依据，但生活绝不是艺术，艺术是人品格化了的第二自然[21]，在艺术形式上，还必须有一个艰苦探索的过程，找不到相应的形式，内容就无从体现，因此，“形式对内容并不是消极的，

【19】《新意新情——西安美协中国画研究室习作展座谈会记录》，载《美术》，1961年第6期。

【20】石鲁：《关于艺术形式问题》，载叶坚、石丹主编：《石鲁艺术文集》，陕西人民美术出版社，2003：34。

【21】方济众：《谈艺录》，载程征编：《长安中国画坛论集》，陕西人民美术出版社，1997：330。

瓶花系列之一·稔色

66cm×66cm

瓶花系列之二·花开似蝶

66cm×66cm

瓶花系列之三·黄玫瑰

66cm×66cm

瓶花系列之六·春意无尽

66cm×66cm

为内容而追求形式绝不是形式主义，而且"艺术的形式必须是美的，只有通过美的形式，才能把观者引入内容"[22]。在表现手段上，"我要有我法，但我法又要与古法的一般规律特点相通，也就是要合乎艺术形式美的法则"[23]。

（3）继承传统的目的是为了创新：但所谓"新"，绝不是从形式上搬前弄后、左右调换，也不是所谓取巧的结果，"真正的新，给人以精神上的满足与激奋"，"真正艺术创作上的新奇，在于独特的表现；而独特也不是绝无仅有或任意杜撰的东西，而在于作者对现实生活的观察是否透辟，是否能抓住现实发展过程中最富有本质意义的环节，而且是具体的、特殊的环节，才可能真正出奇制胜，别具新意"。[24]据此可知，"新"不仅包括形式语言上的"独特表现"，而且还包括精神上的"新"，"艺术创造的重要方面之一是个人主观的感受"，只有"个人情感"与"时代精神"高度统一，才能够产生"真挚的、高尚的、热烈的时代感情"。

明确指出艺术为政治服务，强调绘画应与时代特征紧密结合，反映时代气息，歌颂"人的社会斗争生活和改造自然的劳动生活"是"长安画派"绘画思想的又一基本特征。赵望云认为："传统艺术法则在初学入门时加以钻研确有必要，但进入从事艺术创作阶段则更需以现实物象为师，以宇宙间的自然社会为摄取题材的源泉，进而脑手并用，俾能达到适合社会主义需要的新的艺术境界。"石鲁在《学画录》[25]中对生活更有精辟的论解：

（1）生活决定精神。他说："画无生活若加工无原料。生活枯竭，画必凋败。""生活之主体为人，观察体会人以类万物之情。观物细才深，观物广才远。""凡物之形、质、动、静、神情、姿态，若不能活现于心中，则不足以言画。"

（2）艺术与生活辩证法。"为画而生活则画死，为生活而画则画活。""直接参加生活，使能将生活移入内心；间接旁观生活，只可将生活陈列于画面。""生活中要忘我，有我时要化生活。生活时有我则难客观，有我时弃不掉生活则难升华。""画蒙生活为营养，生活藉画以显精神。""生活不仅供养艺术之原料，为创作之源泉、思想之燃料，更当是陶冶我之熔炉。"画者不经过生活之锤炼，岂能去锤炼艺术。

（3）观察生活的态度。"刻意求生活，生活则不活；以情求生活，生活即活。""生活事物，有大、有小，有主、有从，有正、有反，有偏、有侧，有平、有奇，有里、有外，有直接、有间接。画者所受求全，所识方真，所画方精。""画者眼中无处不有天地。""画者观物当百看不厌，方使人观画一见钟情。""画者体验生活如淘金，若斗金过眼不视，则生活之金不知流逝多少。""生活之矿藏在人民心中，而勘察开采之术无方，唯在将心比心也。"

（4）观察生活的方法。"观物当面面观、变动观、上下观、远近观、四时观、表里观，无所不观，无微不至，必熟才能活。""观察生活洞悉物理，既要冷观、静观，更要热观、动观。要直观，亦要默观。""画者观生活如赏画，才能使观画者如赏生活。人不留心者，画者当留心；人不为可观者，画者当观之。然后才能以画唤起人心。""追求特异出奇之生活，只可刺激感官之享受，而艺术当是普遍生活中闪烁之思想火花。"

（5）生活与时代的关系，在生活中要抓住时代的脉搏。"生活为宽广复杂变动不息之海洋。然流有主、从，主流为时代之脉搏，泛舟当随主流也。然主、从非截然而裂，主中有从，从中有主，

【22】石鲁：《讲话笔录》，载叶坚、石丹主编：《石鲁艺术文集》，陕西人民美术出版社，2003：85。

【23】《新意新情——西安美协中国画研究室习作展座谈会记录》，载《美术》，1961年第6期。

【24】石鲁：《新与美》，载叶坚、石丹主编：《石鲁艺术文集》，陕西人民美术出版社，2003：60。

【25】石鲁：《学画录》，载叶坚、石丹主编：《石鲁艺术文集》，陕西人民美术出版社，2003：148-149。

善识水性者当明其联系也”。

石鲁“一手伸向传统，一手伸向生活”的观点，正是在总结了“长安画派”群体创作实践经验的基础上形成的，它不但被“长安画派”的画家接受了，而且在实践中产生了深刻影响，从20世纪50年代后期开始至60年代中期，西安美协中国画创作研究室的画家们“一步一个脚印”，一方面以分析、扬弃的态度钻研古代画论，临摹古代名家的作品，从中吸收传统的表现方法和笔墨技艺；另一方面，将所学所得又在深入生活的写生中加以运用，通过经常外出写生，习作观摩，举办讲座，理论研讨等方法，以“生活为我出新意、我为生活传精神”的激情，用新的审美意识，在生活中发现具有新时代特征的美的事物，并用新的艺术手法表现出来，在对“生活与感情，理想与现实”的孜孜追求中创造出又新又美的反映时代精神的作品，体现了个性与共性有机结合的特色，形成了鲜明的流派风格。

三、从“以形写神”到“以神写形”——“长安画派”的艺术形神观的演变

形神关系是中国哲学中的一对范畴，形指形体、肉体；神指精神、灵魂。在中国古代画论中，形神关系一直是一个非常重要的问题。顾恺之吸收魏晋以来玄学、佛学对形神问题的研究成果，在他的《论画》中，最早提出“以形写神”的概念，是早期绘画理论中关于形神关系的最重要的论述。虽然有学者认为“以形写神”重在传神，“传神”乃“顾恺之绘画思想的核心概念”[26]，但也有学者看到所谓“传神写照”[27]之中，虽然“写照是为了传神”，但‘照’是可视的，‘神’是不可视的，‘神’必须由‘照’而显”[28]，这就是说，形在传神中的作用是不容忽视的。“长安画派”作为“在西北文联领导下，为执行毛主席的文艺方针而奋斗”的一个艺术群体，那么，按照毛泽东的解释，“只有联系群众，表现群众，把自己当作群众的代言人，他们的工作才有意义”[29]。正是基于它所服务的对象是“最广大的劳动人民群众”，那么“群众反映还很喜欢”的“写实画”，自然就是他们努力追求的一个目标。这从赵望云、石鲁早期的艺术实践和画论中可以看出，作为画派的引导者，他们对造型能力的重视，对以写实手段反映“惊心动魄的建设和英雄的斗争的事迹”的重视，也决定了“长安画派”早期现实性的特质。

“长安画派”绘画思想中对于形神关系的认识，大致经历了三个阶段。在第一个阶段，即20世纪50年代中期以前，无论是赵望云早年身体力行的“以写生改造中国画”，“应着重观察现实，以追求艺术创造的本质”，“需认真深入观察一切现实中的事物，如自然界万物之结构，社会上各阶层人士之特征；对现实事物应有广泛的认识和足够的了解，以期达到在创作上自我风格独创之目的”[30]的主张，还是石鲁认为的“写实的技巧是绝对不容忽视的”，“假如外形都不正确，自然就谈不到性格与感情的刻画”，也“就不能把政治思想通过形象生动地传达出来”[31]等论述，都可以看出，这一时期受五四运动以来新美术运动以及西洋美术写实主义改造中国画的思想和新中国成立初期普及美术思想的影响，“长安画派”将“以形写神”“写实性”“外形的准确性”作为第一性。石鲁在1950年8月19日给李琦的信中写道：“关于素描的基础差，还是一项最大的课题，就是有修养的人也不能轻视素描。”“若能表现现实人物的生动形象，自然首先是深入生活，熟悉与分析人物。然而要把现实人物的生动形象主动拿回来反映在纸上，那没有深厚的素描功夫作手段，我看是会搬走样的；整个粗糙不平的镜子，往往把人照的歪眉吊眼的。所以琢磨这面镜子——素描，应该像劳动者对于它的生产工具那样的爱护、保重、打磨他！”[32]他还将这种西洋的“写实性”造型方法看作是“打破陈套子”和探索“新作风”的武器。刘星认为在此期间石鲁虽然没有用中国传统画论中的“形”“神”概念来表达自己的艺术思想，但他希望通过“写实的形”来表达“表现对象的内在情感”，并“轻视画家自己的主观情感”的思想，“不仅与中国传统画论中‘以形写神’的思想极为相似，而且，我们还能感觉出他甚至有重客观形与客观神而轻主观神的意思……这个时期石鲁的艺术思想是近似于‘以形写神’论，甚至有过之而无不及的”[33]。1953年后，随着第二届全国文代会对“提高”和传统的重视，尤其是1955年全国美术界关于继

【26】何楚雄著：《中国画论研究》，中国社会科学出版社，1996：32。

【27】语见《世说新语·巧艺篇》：“顾长康画人，或数年不点目睛。人问其故，顾曰：四体妍蚩，本无关妙处。传神写照，尽在阿睹之中。”

【28】徐复观著：《中国艺术精神》，华东师范大学出版社，2004：94。

【29】毛泽东：《在延安文艺座谈会上的讲话》，载《毛泽东论文艺》，人民文学出版社，1983：61。

【30】赵望云：1972年初春题赠青年画家，载程征编：《长安中国画坛论集》，陕西人民美术出版社，1997：138。

【31】石鲁：《年画创作检讨》，载叶坚、石丹主编：《石鲁艺术文集》，陕西人民美术出版社，2003：4。

【32】《书信三篇给李琦》，载叶坚、石丹主编：《石鲁艺术文集》，陕西人民美术出版社，2003：4。

【33】刘星：《传统精神的守护与超越》，载南京艺术学院博士论文打印稿，2005：19。

俗令词句妙

66cm×60cm

出水

22cm×32cm

承遗产问题的大辩论后，石鲁开始反思自五四运动以来企图以西洋的"写实"概念改造中国画的思想，并通过《新与美》《学画录》等理论反思，果断地回到中国画"传统总的规律和特点"——"以神写形"和"形神兼备"的造型意识上来。石鲁"以神写形"论的内涵十分丰富，它主要包括：①"意当随物理"，"自然形象为本，艺术形象为变"，即以客观为基础，又以主观为能动。②"画贵全神，而神有我神、他神。入他神者我化为物，入我神者物化为我，然合二为一则全矣。"[34]③"以神造型，则可变形；以形求神，则神微。"他认识到："中国画人物画在造型上与西洋画不同者，从典型出发，不以个别的、具体的真实为能事。以神写形，以简胜繁。"[35]并指出："作为造型艺术的基本练习的素描，中、西各有体系，特点不同，不能生搬硬套。"[36]"判断艺术的思想和美的价值，并不以对象本身的意义为唯一的标准"，"只画得逼真并不足为美……纯粹模仿自然的真并不能潜入人的意识的作用"。[37]而"个人的主观越是敏感，感情越是丰富，也就越鲜明地体会形象的意义"[38]，所以，对形象的塑造，"绝不是简单地指对象的外表形态，而是包括其性格特征和精神面貌"[39]。在他看来，"形似易，神似难，形神兼备更难"，"以神造型，则可形变；以形求神，则神微"。[40]他所倡言的："物为画之本，我为画之神"，"生活之主体为人"，"画贵全神"的主体意识，强调了人在宇宙和艺术创造中的作用，从而赋予了形神关系以现代的诠释。刘曦林将他这种强调人的主体性的形神论称之"天人合一论的现代代表"[41]。基于这种认识，在这一阶段，"长安画派"画家们在"一手伸向传统，一手伸向生活"的创作纲领的指导下，"一步一个脚印"，将群体的创作"有意识、有计划、有步骤、有措施"地推向一种"着重反映本省各地人民生活面貌"，"风格多样""雅俗共赏"。塑造了一种"吸收和运用传统的工具表现社会主义建设时期的特色"的"新国画"作品，并在20世纪60年代初登上了中国画创新的风口浪尖上。20世纪60年代中期以后，随着"文化大革命"的到来，"长安画派"群体艺术上统一步调的行动已无可能，则其艺术思想和艺术创作实践活动事实上走向了多向发散和个人精神的回归阶段。

四、结语

自1961年"西安美协中国画研究室习作展"在北京展出至今，"长安画派"经历了新中国不同发展阶段的历史选择和磨砺，最终蜚声20世纪中国画坛，成为1949年后表现社会主义革命内容与民族气魄、传统特色有机结合，创造新时代精神风貌的新"中国画"的重要流派之一。在特殊的时代背景与生存环境的转换中，"长安画派"一步步地实现着自身的成熟与完善，因而它就具有了与时代同步的鲜活性。

从绘画史的角度考察，"长安画派"的确在艺术反映时代性、民族性与人民性上走在了那个时代的前列，并且在探索地域特色与寻求表现中国画新内容、新形式以及艺术个性等多方面做出了自己的贡献。近半个世纪的风云变幻，各种艺术潮流的轮番登场，但"长安画派"所坚持的"不断探索"的艺术精神确如它执着的性格一样，依然凸显着超越现实的价值。这里面既有实践的创造，也不乏理论的建构，"长安画派"所坚守的艺术价值观、艺术方法论、形神观以及对笔墨主体价值的认识，都将作为当代中国绘画史上的一笔宝贵的财富，不断引发人们的思索。

今天，当人们重新审视它的发展轨迹、梳理它的艺术思想，总结它的得失时，无疑对切入当代艺术与时代关系这一重大命题具有重要的现实参考价值。

（本文曾收入《第十一届全国美展·当代美术创作论坛》，大众文艺出版社，2010）

【34】清刘熙载《书概》有："书贵入神，而神有我神、他神之别。入他神者，我化为古也。入我神者，古化为我也。"石鲁当是受到刘熙载书论之启发而作如是论的。

【35】石鲁：《杂感》，载叶坚、石丹主编：《石鲁艺术文集》，陕西人民美术出版社，2003：103。

【36】石鲁：《为什么要继承与发展民族优秀传统》，载《美术研究》，1958年第4期。

【37】石鲁：《新与美》，载叶坚、石丹主编：《石鲁艺术文集》，陕西人民美术出版社，2003：64-65。

【38】石鲁：《创作杂谈》，载叶坚、石丹主编：《石鲁艺术文集》，陕西人民美术出版社，2003：55。

【39】石鲁：《新与美》，载叶坚、石丹主编：《石鲁艺术文集》，陕西人民美术出版社，2003：62。

【40】石鲁：《学画录》，载叶坚、石丹主编：《石鲁艺术文集》，陕西人民美术出版社，2003：151。

【41】刘曦林：《石鲁的旅程与艺术风神》，载《中国近现代名家画集·石鲁》序，人民美术出版社，1996。

论“长安画派”对当代绘画史的贡献及其历史地位

摘　要

在当代绘画史上，“长安画派”以西北的自然、风物、人情为载体，将革命时代的现实特征与艺术家的人生理想、将西北荒凉峻拔的自然景观与丰富的人文风情转换为一种审美上的崇高与磅礴大气，表达了一种西部情结和黄土高原的文化积淀与当代情怀。它是新时代社会文化发展和选择的必然结果，是“西安国画家们向新时代交的一份集体答卷”，它“比较系统地回答了如何具体解决传统艺术形式时代化这一重大而艰难的课题，在理论和实践两个方面提供了经验”。它在对社会主义革命内容与时代风格的探索、对中国画的文化精神与民族绘画语言的探索、对西北画风的创立与黄土高原绘画题材的发掘与开拓、对传统画论的创新与对中国画传统笔墨形式的现代转换的探索等方面，都走在了时代的前列，成为新时代中国画的代表。因而从这个意义上讲，“长安画派”超越了一般意义上的地域画派，具有了超地缘的性质。

关键词

“长安画派”　贡献　历史地位　局限性

自1961年“西安美协中国画研究室习作展”在北京展出并引起轰动，“长安画派”经历了新中国不同发展阶段的历史选择和磨砺，最终蜚声20世纪中国画坛，成为1949年后表现社会主义革命内容与民族气魄、传统特色有机结合，创造新时代精神风貌的新“中国画”的重要流派之一。由于“长安画派”是在特殊时代背景下所产生的，在历经甘苦的生存环境的变迁与转换中，一步步地实现着自身的成熟与完善，因而它就具有了与时代同步的鲜活性一面。今天，当人们重新审视它的发展轨迹、总结它的荣辱得失时，斯人已去，那一幕幕附着于变化莫测的政治风云之上的艺术事象，随着那个时代的命运而升沉，已经渐行渐远了。清人姚惜抱论文谓：“作者必五十年后，恩怨俱无，而毁誉乃实，方为定论。”这大抵是因为五十年后，随着亲友、师生等诸多关系的疏淡，对画家、画派的评价才有可能站在历史的立场上给予较为客观的、冷静的品评与分析。

诚然，若从“长安画派”最初的孕育开始算起，至今已逾60载，而它引起世人关注也已将近50载。近半个世纪的风云变幻，各种艺术潮流的轮番登场，但“长安画派”所坚持的“不断探索”的艺术精神确如它执着的性格一样，依然凸显着超越现实的价值。

佳节

38cm×60cm

刘禹锡认为意境的重要特征就是“境生象外”。凡是具有深远意境的作品，在具体有形的实像之外，还有一个与此相联系的无形的虚像，司空图概括为“象外之象，景外之景”。这里的第二个“象”和“景”也是由第一个“象”和“景”比喻、暗示、象征出来的“虚”的那部分。“象外之象”就是追求有意境的空间达到“超以象外，得其环中”的三种内涵即化实为虚，化虚为实，虚实相生。画面空间所产生的艺术效果无一不是“虚实相生”这一因素在起作用。

（摘自屈健《论中国画空间结构》）

中国传统艺术以象征、写意、表现为基本特征，以想象真实代替视觉真实，审美的情趣在于强调对深厚隽永意境的直观顿悟和对时空整体上的把握，是一种从整体出发的综合观，通常不拘细节和成分的构成，可提供的是关于审美对象的模糊的整体图景。因此，人们仅凭画面上的一桌、一儿、一屏即可认定这是客厅或闺房，而大量的留白，则使中国画在观众想象的空间上容纳了无限的生活景象。

（摘自屈健《论中国画空间结构》）

在中国画意象的构成中，自然之像作为一个带有启发意义的图景，在作品的形成过程中往往被画家从理念上打碎、重组，被赋予某种符号化的功能。这一点在传统的山水画和花鸟画中表现得最为突出。例如，在文人画“梅、兰、竹、菊”四君子题材中，画家普遍倾向于以心灵的感应化解物的真实。因此，物往往成为代表着某种人格力量的借口，被符号化为简洁的、可供操作的某种程式化的语言，而至于物的真实性以及与之关联的阴晴雨露诸多自然的要素则变得并不重要。

（摘自屈健《论中国画意象生成的形式要素》）

夜来清梦好

66cm×66cm

夜来风雨声

66cm×66cm

因而，在今天看来，作为特定时代产生出来的艺术流派，它的得与失，是当代中国绘画史上的一笔丰厚宝贵的财富，它不断引发人们的思索。

从绘画史的角度考察，“长安画派”的确在艺术反映时代性、民族性与人民性走在了那个时代的前列，并且在探索地域特色与寻求表现中国画新内容的新形式以及艺术个性等多方面做出了自己的贡献。这里面既有实践的创造，也不乏理论的建构。

一、“长安画派”对当代绘画史的贡献

（一）社会主义革命内容与民族气派、传统特色的有机交融和新“中国画”的创造

新中国建立后，党和人民政府对美术家进行了以批判“资产阶级”艺术观，提倡大众的无产阶级的美术的为内容的思想整顿。在“社会主义现实主义”文艺基本创作原则的要求下，社会主义现实主义美术经历了延安模式－苏联模式－社会主义中国美术新模式三个发展阶段。这三个阶段国画家们遵照毛泽东文艺思想，改造旧的世界观，深入工农兵生活，在“为人民服务”“为社会主义服务”的前提下，在关于政治与艺术、内容与形式、“普及”与“提高”的不断讨论中逐步整合、统一思想，在体现艺术自觉意识的同时，艺术创作在很大程度上与国家强大的政治意志交融在一起。

对社会主义革命内容与时代风格的探索是“长安画派”得以在20世纪60年代那场创造新“中国画”的竞赛中脱颖而出的最重要的原因。

“长安画派”正是在时代精神的召唤下，特别是在1949年以后“百花齐放，百家争鸣”的文艺方针的指导下，在反映新时代、新生活、促使中国画从内容到形式的推陈出新的背景下形成的。在20世纪中叶以后的数十年间，在围绕如何“把人民生活和斗争、思想和感情创造性地反映出来”[1]，“国画创作与接受遗产”[2]，“如何借鉴西方绘画、如何对待传统”[3]，“如何推陈出新，创造合乎新内容的新形式”[4]等一系列新时代绘画提出的重大课题的全国性竞赛中，“长安画派”最终交出了满意的答卷，创造出了具有中国气派的形式和与社会主义革命理想、情感内容有

【1】李江：《生活·艺术的探索——记西安画家谈创作》，载《美术》，1961年第6期。

【2】邱石冥：《关于国画创作接受遗产的意见》，载《美术》，1955年第1期。

【3】艾青：《谈中国画》，载《文艺报》，1953年第15期。

【4】石鲁：《新意新情》，载《美术》，1961年第6期。

早春

24cm×26cm

香风

26cm×24cm

机结合的优秀风格。早在20世纪30-40年代，"长安画派"的拓荒者赵望云就以其"农村写生""塞上写生""抗战画刊""西北写生"实践着其"走出象牙之塔""走向十字街头"的艺术追求。1949年后，他更是身体力行，接受了党的"与工农兵结合、为人民服务"的文艺方针，多次深入到建设工地，与时代保持同步。"长安画派"的画家们重视当代生活与革命题材的表现，重视对现实对象与现代人物的描绘，在他们的作品中，洋溢着鲜活的时代特色与审美情趣，在表现风格上，力求创新。在"长安画派"的画家们看来，"艺术创作上不断追求新与美，不仅是艺术必须具有的独创性，而且是艺术反映生活的根本任务"[5]，所谓生活，不是表面的图解，不是观念的外延，而是人生经验与人生理想的融合，在石鲁看来，社会主义的艺术是为广大的劳动人民群众服务的。它在内容上以社会主义的精神教育人民，与人民的生活理想与美的要求相结合；同时在形式上，也必须通过群众喜闻乐见的中国气派与中国作风的民族形式与人民相结合。"生活不仅提供艺术之原料，创作之源泉，思想之燃料，更当是陶冶我之熔炉。"[6]从生活中寻找美的题材，创造美的表现，是"长安画派"的画家们的必修课，因为他们明白现实生活是提高技艺最好的课堂。"如果所经不多，所见不广，自然无从比较、想象和概括"[7]，在表现方法上，石鲁指出："不要只从美出发，要从真出发；从灵魂的真实出发，诚实地表现生活"[8]、"不仅要在美术作品中表现社会主义的建设场面，更重要的是表现人民的新的精神面貌"。[9]这种理论上的认识在赵望云、石鲁20世纪50-60年代的一系列从写生中提炼出来的作品如《雪天托运图》（赵望云，1954年）、《山村新渠》（赵望云，1957年）、《轻车飞过万重山》（赵望云，1960年）和《王同志来了》（石鲁，1953年）、《古长城外》（石鲁，1954年）、《头顶玉米的埃及妇女》（石鲁，1956年）等中可以得到很好的印证。这些作品无论主题还是格调都显得异常具有生活的激情，反映了那个时代人们改天换地的精神面貌和英雄主义情结。同时也是"长安画派"早期绘画情节性、叙事性艺术特征的一个重要的展现。

对革命题材的发掘与表现是"长安画派"的一个重要特点。这一特色在石鲁早期的艺术创作中尤其显得突出。这大概是因为革命和战争的经历与情感使得他对黄土高原、延安、领袖人物、革命题材的理解具有一般人所无法达到的深刻。因而，在他的一系列表现革命题材的作品如《转战陕北》（1959年）、《东方欲晓》（1961年）、《南泥湾途中》（1961年）、《宝塔葵花》（1961年）中，他总是能专注最能摄人心魄的"典型"，以神写形，以简胜繁，从而开拓出中国画表现题材的新境界。这种境界不但来自于艺术经验的积累，同时也来自于感情的积累。它不是离开典型形象的塑造而片面地追求画面所谓的情节性，而是遵循"艺术的规律是形象地反映生活"[10]的原则，不但很好地表现了对象的外表形态，而且比较深刻地反映了表现对象的性格特征与精神面貌。石鲁曾经在谈到《宝塔葵花》的创作过程时这样说："艺术经验自然是难得的，必须经常的积累，但过于依赖经验，什么东西顺手，老使用什么东西，什么东西好吃就老吃什么东西，恐怕也会拉稀。没有经验，要求经验；有了经验，还要求经验。以我们的体会来说：'如实描写'是没有经验的表现；如法炮制，是固守经

【5】石鲁：《为什么要继承与发展民族优秀传统》，载《美术研究》，1958年第4期。

【6】石鲁：《学画录·生活章》，载叶坚、石丹主编：《石鲁艺术文集》，陕西人民美术出版社，2003：149。

【7】石鲁：《创作杂谈——在西安创作草图观摩会上的发言》，载《美术》，1959年第6期。

【8】石鲁：《谈艺录》，载叶坚、石丹主编：《石鲁艺术文集》，陕西人民美术出版社，2003：322。

【9】石鲁：《描绘我们伟大的时代》，载叶坚、石丹主编：《石鲁艺术文集》，陕西人民美术出版社，2003：38。

【10】石鲁：《新与美》，载叶坚、石丹主编：《石鲁艺术文集》，陕西人民美术出版社，2003：62。

验的表现。譬如郁风同志批评我的那幅《延安宝塔山》透视有问题，我想问题还不止于透视。这是我较早的一幅画——1958年冬天画的，环境比较荒秃，写生的态度也十分冷静。可谓地道的如实描写；不仅表现技法没有传统的经验，就是为什么而画，也没有自己的经验。记得一次带着满脚的血泡进入延安看到宝塔的时候，激动得连脚痛也忘掉了；第二次看见是打走胡宗南后回到延安。1949年后回去又看了一次，每次都很激动，这可以说是追求革命在感情上的经验，一直想找一个适当的角度表现这种感情。这次又去延安，从飞机场上我偶然回头一瞥，透过一排排的向日葵，看到了宝塔，觉得多次积下的感情，好像一下找到了一句表达的语言。回来画了一幅画(这次未展出)。但一幅画的动人，我想还不完全是从不同角度获得的启示，而是‘我’和‘物’得到一致。所以我觉得不光熟悉对象，还要记住(或保持)自己当时的感受和感情……所以，有了经验，还要再求经验，因为生活与感情，理想与现实，始终是艺术创造的推动力。”[11]基于这样的认识，在“革命的现实主义”和“革命的浪漫主义”两结合的创作方法指导下，自然也就成就了“长安画派”集群风格形成期所共有的豪迈、雄伟、质朴、深沉的特征。

“长安画派”在对中国画的文化精神与民族绘画语言的探索方面，已经“初步摈弃了近现代以西方古典绘画原理及准则改造国画和评判国画的做法，重视了从题材到技法的民族化选择，并吸收了民间美术的表现方法和古代中国绘画的笔墨趣味，使其作品形成了一定特色并具有民族文化的精神”[12]。同时，在理论的思辨上，“长安画派”的画家们也对民族形式进行了深入的探讨。民族，在文化学术上是一种身份的认同，或者可以理解为在国际关系中力求被认可的对话方。因此，民族性总是和世界性联系在一起的。20世纪50年代中期，由于在意识形态中受“左”的影响和对苏联文艺模式的盲目崇拜，民族虚无主义的思想倾向非常严重，这导致了美术界对国画的轻视，最典型的例子就是在美术院校中取消中国画系，用所谓的“彩墨画”替代传统中国画。1956年，赵望云与石鲁出访埃及及参加由埃及政府所倡举的亚非国家艺术展览会，看到同样作为文明古国的埃及对于自己本民族文化的保存，受到很大启发。其间，经两人共同讨论，由石鲁执笔完成的《关于艺术形式问题》的演讲稿，可以看作是“长安画派”对于中国画艺术形式与民族形式关系的一个重要认识，文章从艺术美与艺术形式的独特性、民族艺术与外来艺术的关系、对待传

【11】石鲁：《新意新情》，载《美术》，1961年第6期。
【12】陈绶祥：《方济众画谱》序，载《荣宝斋画谱·六十五》，荣宝斋，1992。

月上西楼

46cm×56cm

统民族形式的态度、民族形式与时代内容的关系、艺术形式的创造方法等多个方面探讨了艺术形式与民族传统的关系。文章认为：任何一个民族的艺术形式，都是他们心理与文化的总汇，不同的民族和时代，艺术形式美的意义、审美观念和特征是不同的，因此，“在艺术形式上不能不富有民族性和人民性”，“正如中国的绘画形式在长期历史过程中所形成的一种特殊的风格，是难以用一般绘画观点去衡量的”。[13]所谓“一般绘画观点”在这里我们可以理解为：“长安画派”画家对中外绘画的某种共性的认识，即各民族绘画中所共有的东西，例如线条、色彩、透视、解剖、形体、质感、空间、意境等形式要素的普遍的要求，而对于中国画这一具体内容，则需要具体分析。例如，“中国画的笔墨作为造型的基本条件，是有别于西洋素描的。笔墨除了传达对象的性格和本质特征之外，墨色的浓淡还包括远近光暗关系，又常常运用对比手法，有强化质感的作用”。因此，“可以说作为造型艺术的基本联系的素描，中西各有体系特点之不同，各有表现方法之不同，不能生搬硬套”[14]。但是，这并不是说“长安画派”的画家就认为民族艺术可以不受外来艺术的影响，事实上，只要略微对世界艺术史作一横向比较即可发现，中外艺术史上的相互交流与影响的例子多不胜数，仅以中国佛教艺术为例，所谓“张家样”即是南朝张僧繇吸收西域之凹凸画法而创制的佛教绘画技法。而敦煌壁画中艺术风格的演变，则暗示了民族艺术的包容性，因为“我们吸收了外来艺术，而成为自己民族形式的有机组成”[15]。在对待传统的民族形式上，“长安画派”主张以批判的态度去继承和发扬，“既重视民间艺术，也重视古典艺术”，“从中吸取其人民性、进步性、现实性、艺术性的精华，而去其相反的糟粕”，使艺术形式“具有与新的时代生活内容相适应的民族形式”，并通过艺术家的创造和个性的发挥，“多样地、丰富地反映现实生活的复杂性”。[16]这一点从石鲁20世纪50年代中期到60年代中期的作品《饲养员王传河》(1963年)、《南国之晨》(1962年)、《高原放牧》(1960年)、《尼罗河边》(1956年)中可以得到印证，相比较《古长城外》(1954年)、《幸福婚姻》(1952年)，这些作品越是往后，其笔墨的韵味感越是突出，而早期作品中的素描因素却大大减弱了。

（二）西北画风的创立与黄土高原绘画题材的发掘与开拓

20世纪30年代末到40年代初，由于战争抗日等原因，大批文化精英向中国西部地区聚集，在救亡图存的背景之下，整个知识界掀起开发边疆的声浪。他们痛心于敌寇侵凌、国土沦丧，组织了一些有影响的学术团体，希望通过边疆史地的研究，激发人们的爱国热忱，也为西部美术的开发播种了近现代艺术的观念，特别是20世纪40年代至50年代，以赵望云和他的几位学生黄胄、方济众、徐庶之为基本成员扎根西北高原为表征的中国画队伍的崛起，以及20世纪50年代至60年代，延安革命艺术家石鲁等人加入长安画坛并逐步发挥主导作用，直至“长安画派”的崛起，标志着一个表现西部地域特色和黄土高原题材的绘画流派的形成，在现代绘画史上开辟了一个全新的中国画表现领域。

诚然，地区风物的陶冶、地域文化的锻铸，以至于地方风俗

【13】石鲁：《关于艺术形式问题》，载叶坚、石丹主编：《石鲁艺术文集》，陕西人民美术出版社，2003：32。

【14】石鲁：《为什么要继承与发展民族优秀传统》，载《美术研究》，1958年第4期。

【15】石鲁：《关于艺术形式问题》，载叶坚、石丹主编：《石鲁艺术文集》，陕西人民美术出版社，2003：32。

【16】石鲁：《关于艺术形式问题》，载叶坚、石丹主编：《石鲁艺术文集》，陕西人民美术出版社，2003：32。

鸢尾

26cm×24cm

鸟去鸟来山色里

46cm×46cm

对郑板桥来说，江馆清秋，烟光日影中的竹园世界是现实提供给他的第一手图像资料，但这种图像并不是艺术。从直观图像的素材到形象再现再到艺术的表现，其中经历了一个视知觉的接纳、归类和视知觉经验整理的过程。因而，胸中之竹，并不是眼中之竹也。因而磨墨展纸，落笔倏作变相，手中之竹又不是胸中之竹。正如康德在《判断力批判》中所描述的那样，“在一个美的艺术作品上我们必须意识到，它是艺术而不是自然；但在它的形式中的合目的性却必须看起来像是摆脱了有意规则的一切强制，以至于它好像自然的一个产物”。

（摘自屈健《论中国画意象生成的形式要素》）

或特殊历史环境的影响，都会从不同角度影响到艺术风格的形成，但更重要的是，画家对于历史与现实的认识，对于自身精神气质与艺术题材的准确把握。赵望云对大西北的发现，正是基于对于自我的发现。“这种双向发现导致了良好的正反馈效应。这种正反馈效应表现为：他越是深入发现大西北的山川、人文资源，就越是深入发掘出自我气质中厚拙、沉着、朴茂、苍劲的‘基因’，在不断表现大西北的山川、人文资源的过程中，他的气质中的这些‘基因’，不断地受到营养、滋润。他精神的光芒朗照大西北的山川土地，大西北山川土地的美因为他的艺术朗照而得到显现。反过来，他的艺术性灵和气质又由于大西北山川土地的滋养而获得完成。因此我们在中国水墨画的历史上，不仅第一次看到这样的题材，而且第一次看到这样的笔墨。”[17]

从中国画审美的高度对陕北黄土高原山水画题材的发掘，是“长安画派”的首创，也是它对于现代绘画史的一个贡献。1961年“西安美协中国画研究室习作展”时，其“有浓烈的生活气息，意境很新”[18]，“西北的自然环境表现得显著而强烈”，“强烈地表现黄土高原和黄河浊流的独特效果”[19]引起广泛关注。古往今来，山水画无论是“南宗”之“渲淡”，还是“北宗”之“钩斫”，都将审美的眼光定格在名山大川或江南幽胜上，而从未有人关注过贫瘠、荒凉，充满苦涩感的陕北黄土高原。“长安画派”以对黄土高原山水母题的表现，使自己寻找到了适合自己精神气质的最佳切入点。这在石鲁的绘画中表现得尤为突出，战争生活的经历，使石鲁对陕北高原和延安有着深厚的感情和深沉的眷恋，在他笔下，大量的表现黄土高原和延安题材的作品，正是其对于生活的提炼与感情的升华。正如他所说的那样：“山水一道，变化无穷，古有古法，今有今法，其贵在各家有各家法，法非出于心，然亦随自然造化，中发心源，始得山水之性矣。”[20]当“长安画派”的画家用中国传统笔墨表现这个时代新的题材、新的内容时，他们总能按照黄土高原山水画不同的对象、不同的意境，创造性地“在自然中寻找新的皴法，以自然的结构特点来提炼”新的表现方法，表达出与“我”的感情和意境相适应的新的程式；使“一些苍凉苦涩的意味，一些平凡的看似不堪入画的场景经过

【17】王鲁湘：《精神家园的慷慨浩歌——赵望云简论》，载世纪在线中国艺术网：http://www.CL2000.com。

【18】“西安美协中国画研究室习作展”座谈会上李琦的发言：见《新意新情——“西安美协中国画研究室习作展”座谈会记录》，载《美术》，1961年第6期。

【19】“西安美协中国画研究室习作展”座谈会上叶浅予的发言：见《新意新情——“西安美协中国画研究室习作展”座谈会记录》，载《美术》，1961年第6期。

【20】石鲁：《题画》，载石丹主编：《中国名画家全集·石鲁》，河北教育出版社，2003：77。

语言的提纯反而具有了精神性”，“它们看上去所缺乏的飘逸、空灵和秀雅也正是辽阔、苍茫、浑厚、质朴的西北审美特质最本真的感受”，[21]使“长安画派”的画家们从客观现实和革命生活经验中获得的独特的抒情方式、个人情感和理想得到升华并转化为特殊的图景——其主流是一种极其辉煌的、豪情万丈的、追求“雄伟”“崇高”境界的现代山水人物画模式，使观者产生一种“高山仰止，景行行止，虽不能至，然心向往之”[22]的崇敬之心，也使他们的作品具有了特定意义。

（三）对传统画论的创新与对现代笔墨形式的探索

“长安画派”从“了解整个中国绘画传统的规律”的高度出发，去“真正追本求源，而不仅是各家继承的演变”。[23]它把革命的现实主义与革命的浪漫主义相结合的精神视为“继古开今，创作批判”的行动纲领，提出“生活决定精神”而“主体为人”“物化为我”“我化为笔墨”，笔墨是“主客观交织之生命线”“思想为笔墨之灵魂”，[24]“意、理、法、趣”[25]以求墨的主客观关系，“洋溢着创造精神和辩证思想，并以主体意识的强化成为其理论体系的特征”[26]。同时，“长安画派”对于艺术与生活、艺术与传统的关系理解非常深刻。“一手伸向传统，一手伸向生活”作为“长安画派”的创作方法论和基本创新原则，一方面把先进的、革命的理想信念、丰富的阅历、素养与对生活的反复观察、体验感受相联系、相沟通，另一方面又不断激发作者自身的创作灵感与探索才能，充分表达生活感受的笔墨。它所倡导的以“真、善、美”对“伪、丑、恶”[27]的艺术评判标准，超越了狭隘的民族主义意识，而具有艺术科学形而上的思辨特色；特别是石鲁提出的“以神造型”“以神变形”[28]论，被认为是自顾恺之提出“以形写神”论之后，中国画论的形神关系的又一重大发展。“这一理论是在高度地继承了中国画论传统‘以意造’这一脉学统，并巧妙地将之与马克思主义唯物辩证法进行融合之后，才逐步发展起来的一种具有现代方法论意义的新成果。”[29]

在对传统中国画笔墨的现代转换的理解与个人风格的探索上，“长安画派”从“思想为笔墨之灵魂”这一前提出发，坚持“画有笔墨则思想活，无笔墨则思想死”，认定了“画有我之思想，则有我之笔墨；画无我之思想，则徒作古人和自然之笔墨奴隶”的笔墨继承与创新法则，在突出总体风格的共性原则之下，对于个性的坚持与不断探索是难能可贵的。他们已经认识到“风格包括个人的天赋性格特征。但艺术又不完全属于个人，它受社会、人群、历史、自然等外在条件影响。这就存在一个选择和学习的问题，因而不能说风格可以自然而然形成”[30]。他们作品

【21】尚辉：《从笔墨个性走向图式个性——20世纪中国山水画的演变历程及价值观念的重构》，载《文艺研究》，2002年第2期。

【22】《史记·孔子世家》。

【23】石鲁：《新意新情》，载《美术》，1961年第6期。

【24】石鲁：《学画录》，载叶坚、石丹主编：《石鲁艺术文集》，陕西人民美术出版社，2003：147-169。

【25】石鲁：《艺术思想与创作方法》，载叶坚、石丹主编：《石鲁艺术文集》，陕西人民美术出版社，2003：99。

【26】刘曦林：《石鲁的旅程与艺术风神》，载《中国近现代名家画集——石鲁》，人民美术出版社，1996：序。

【27】石鲁：《中国画的传统与创新》，载叶坚、石丹主编：《石鲁艺术文集》，陕西人民美术出版社，2003：295。

【28】石鲁：《学画录》，载叶坚、石丹主编：《石鲁艺术文集》，陕西人民美术出版社，2003：151。

【29】刘星：《传统精神的守护与超越——石鲁绘画思想研究》，载南京艺术学院博士论文打印稿，2005。

【30】方济众：《谈艺录》，载程征主编：《长安画坛中国画论集》，陕西人民美术出版社，1997：324。

白描写生之一·山茶

46cm×34cm

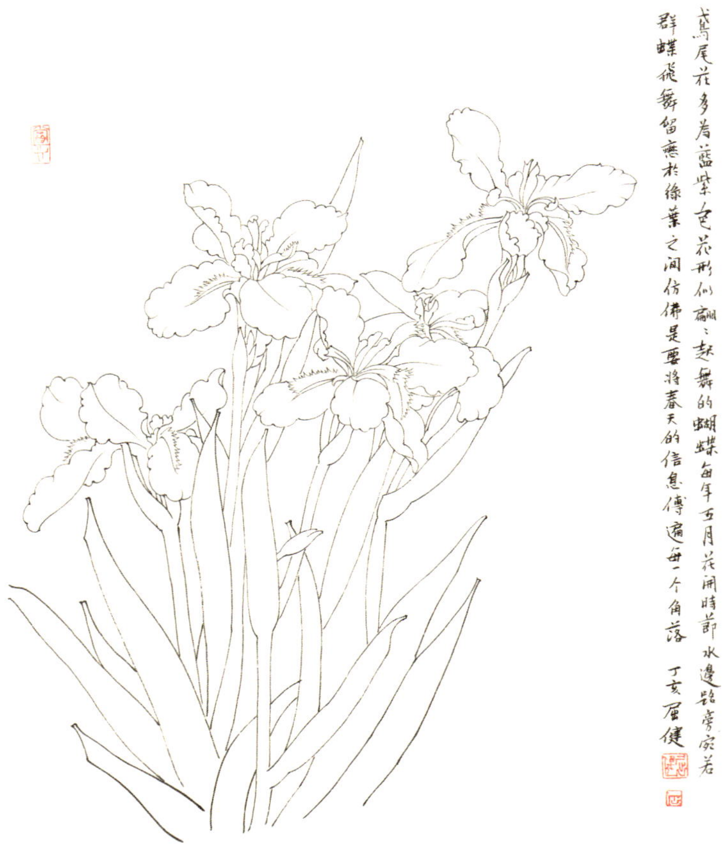

白描写生之二·鸢尾

46cm×34cm

白描写生之三·大丽菊

46cm×34cm

白描写生之四·樱花

46cm × 34cm

暗香

24cm×26cm

老庄哲学认为，世界万物的本源归于“无”，“天地万物生于有，有生于无”，这种思想，直接影响了我国的诗歌、绘画、书法、建筑、戏曲的空间表现特征。虚无中传出动荡，神明里透出幽深，超以象外，得其环中，是一切中国艺术的共同境界，当然中国画亦不例外。

（摘自屈健《论中国画空间结构》）

的可贵之处在于标新立异，不落“写生”的陈套；不用现成的格式表现别人已经表现过的意思，“表现出与众不同的体验，探索出别人未发现的新意”[31]。尤其是20世纪70年代以后，在经过了社会变革的历练与“长安画派”的画家们创作的多向发散与本性回归期的调整以后，他们的面貌就更具有了本真性。他们无论在中国画笔墨上，还是在绘画图式现代化的探索上，都取得了新的成果。例如，赵望云《早春之晨》《终南春晓》等画中山水与人物的结合，特别是以静止为特色的大背景与以运动为特色的点景人物的对比；石鲁《东方欲晓》《美典神》《月下苏州》等画中简洁的平面化处理手法，方与圆的运用和他后期山水画写实性的弱化、极简化的图式；还有方济众的方形构图方式和他的装饰风格，以及何海霞的泼墨泼彩等，都有力地启示了山水画由对微观笔墨的精粹度的追求转换到关注图式的变化，20世纪80年代后的山水画发展，“逐渐失落传统笔精墨妙的价值判断，图式调度成为吸引山水画家探索的一个重要因素”[32]充分证明了这一点。

二、“长安画派”在当代中国绘画史上的地位

长安画派从它刚露头的时刻起就具有一种地缘性的特点。一些知名艺术家曾称赞它把“西北的自然环境表现得显著而强烈”[33]，“在国画新技法的发展上，可说是一枚炸弹，炸开了山，就可以开辟新道路”[34]，等等。在当代中国绘画史上，“长安画派”以其明确的艺术主张，扎实的实践基础，丰富的笔墨语言，丰厚的探索成果，创造了以地域性特色来表现社会主义革命内容与民族气派传统特色有机融合，向创造新“中国画”的新境界、新形式这个目标前进的范例。从历史的角度来看，长安画派不同于其他画派的特点就在于它是深深根植于汉唐文化的沃土，汲取五四新文化营养，以西北独特的人文社会文化生活背景为依托的，内涵极为丰富的新画派。

它是新时代社会文化发展和选择的必然结果，是“西安国画家们向新时代交的一份集体答卷”，它“比较系统地回答了如何具体解决传统艺术形式时代化这一重大而艰难的课题，在理论和实践两个方面提供了经验”[35]。“‘长安画派’的崛起，给中国美术界指出了一条路子，表明艺术不但要有民族性，而且要有地方性。”[36]它在对社会主义革命内容与时代风格的探索、对中国画的文化精神与民族绘画语言的探索、对西北画风的创立与黄土高原绘画题材的发掘与开拓、对传统画论的创新与对中国画

【31】“西安美协中国画研究室习作展”座谈会上王朝闻的发言，见《新意新情——“西安美协中国画研究室习作展”座谈会记录》，载《美术》，1961年第6期。

【32】尚辉：《从笔墨个性走向图式个性——20世纪中国山水画的演变历程及价值观念的重构》，载《文艺研究》，2002第3期。

【33】“西安美协中国画研究室习作展”座谈会上叶浅予的发言，见《新意新情——“西安美协中国画研究室习作展”座谈会记录》，载《美术》，1961年第6期。

【34】“西安美协中国画研究室习作展”座谈会上郁风的发言，见《新意新情——“西安美协中国画研究室习作展”座谈会记录》，载《美术》，1961年第6期。

【35】程征语，见《赵望云与“长安画派”》，载程征主编：《长安中国画坛论集》，陕西人民美术出版社，1997：50。

【36】叶浅予语，见《赵望云与“长安画派”》，载程征主编：《长安中国画坛论集》，陕西人民美术出版社，1997：44。

传统笔墨形式的现代转换的探索等方面，都走到了时代的前列。它“突破了几百年来中国山水画南派传统（表现南方山水）的一统天下，把西北地域派别推上画坛。它还证实，某种地方风貌如果与时代情感相统一，它的特殊的审美意义将使它独立于艺术之林”[37]。刘曦林先生认为“长安画派”与“江苏画派”携手称雄于当代中国画史，从而改变了现代画史上地域性画派的重心。[38]而我却认为它的内涵远非“地域”二字所能涵括，其地位亦不止于此。事实上，自新中国建立至今，能够真正称之为“派”，并影响深远的绘画群体，仅“长安画派”与“江苏画派”而已。“长安画派”与“江苏画派”分别代表了南北两大文化审美心理模式在新的时代精神的统摄作用下，在那一特定时期中国画领域探索的最高成就。

“长安画派”立足于西部地区，在它的性格基因中具有一种天生的雄伟、浑朴与厚重，但更重要的是，它以西北的自然、风物、人情为载体，“将一种新时代革命浪漫主义的价值理想和阳刚雄伟的美学思想结合在一起”[39]的追求，推动了中国画传统笔墨形式的革新与尝试，将革命时代的现实特征与艺术家的人生理想、将西北荒凉峻拔的自然景观与丰富的人文风情转换为一种审美上的崇高与磅礴大气，表达了一种西部情结和黄土高原的文化积淀与当代情怀，成为新时代中国画的代表。因而从这个意义上讲，“长安画派”就超越了一般意义上的地域画派，具有了超地缘的性质。

三、“长安画派”的局限性及其他

但是，我们也应该看到，在“长安画派”身上，还带有较强的时代印记，至少，在它的发展过程中，并不完全都是艺术规律在它的身上发挥作用。“西安美协中国画研究室习作展”的作品，在经过“有意识、有计划、有步骤、有措施”“集思广益”“互相影响”“个体与群体的适当结合”后，[40]从总体风格的设计，到大部分作品的创作完成，仅仅用了五六个月时间，与其说是一个奇迹，毋宁说是一次突击——尽管在此前，“长安画派”的画家们已经经过了较长时间的共同学习和创作，有一定的合作基础，但并没有形成完整统一的面貌。石鲁作为这次展览活动总体面貌的设计师，他为这次展览的风格定位是：“首先给人雄伟的感觉，

【37】郎绍君：《夭折的巨匠：石鲁》，载程征主编：《长安中国画坛论集》，陕西人民美术出版社，1997：214。

【38】刘曦林：《石鲁的旅程与艺术风神》，载《中国近现代名家画集——石鲁》，人民美术出版社，1996：序。

【39】石丹：《中国名画家全集——石鲁》，河北教育出版社，2003：123。

【40】叶坚：《石鲁与“长安画派”》，载程征主编：《长安中国画坛论集》，陕西人民美术出版社，1998：57。

留春不住

66cm×66cm

空谷

66cm×66cm

然后再逐渐丰富它。”他认为艺术的形成有二：一由自然环境决定；二由主观对客观的作用。“我们爱雄伟，是我们地方的特点，也是时代的特征。”[41]这正如王非先生所言，“他创造性地拔高了那个特殊历史年代人们的政治热情”，但“要维持这种豪气、雄伟，只能保持在亢奋状态，但这种亢奋的背后却是‘卑微’与‘屈从’。所以就艺术的内涵讲，是不真的，至少不十分真”。[42]今天，当我们用历史的眼光审视“长安画派”画家们的艺术风格时，我们能够真切地感觉到，这种整体上追求气势磅礴和深厚雄健的风格，最适合于石鲁的精神气质。如若平心而论，相对于其他画家的创作个性来说，多少是有一些被动的。20世纪80年代初，方济众曾经说过，“必须和‘长安画派’拉开距离”[43]的话，何海霞也觉得“画这些画他是不自由的，被一条无形的绳子捆绑着……”[44]人们似乎可以从中得到某种信息。

不可否认，“长安画派”在艺术上是成功的，但如果仅仅将其归结为艺术上的成功，显然还不能概括“长安画派”的全部。在那个各行各业都用各种手段树立标兵、样板的时候，“长安画派”被“有目的、有组织、有计划、有步骤”地推出，可以理解为是在政治上和艺术上获得双重认可的标志。它的骤然走红，与历史上任何画派都是不同的。“长安画派”的成功之处在于它与时代的需要紧密地结合在一起，成为“笔墨当随时代”在当代的最好诠释。但如果站在今天，用历史的眼光审慎地看待他们的某些艺术价值观，我们不难发现其中特殊的时代印记，也许这种艺术价值观的提出有其深刻的社会文化背景，是特定时代必然的历史选择，但客观上讲，这无疑在一定程度上割断了中国绘画历史的文脉，而使得其艺术的表现视野受到了一定局限。这对于后来的研究者来说，是需要特别审慎对待的。

（本文曾发表于《中国美术馆》，2007年第10期）

【41】石鲁：《艺术·意识·情趣》，载叶坚、石丹主编：《石鲁艺术文集》，陕西人民美术出版社，2003：295。原为“西安美协中国画研究室习作展”于1961年12月初巡展南京时的一次小结讨论会发言。

【42】王非：《论长安画派》，载《美术观察》，2002年第3期。

【43】方济众：《谈艺录》，载程征主编：《长安中国画坛论集》，陕西人民美术出版社，1997：341。

【44】潘絜兹：《何海霞的艺术道路》，载程征主编：《长安中国画坛论集》，陕西人民美术出版社，1997：356。

蓝调时代之一·故园

66cm×66cm

唐代张彦远在《历代名画记》中说："草木敷荣，不待丹碌之彩，云雪飘扬，不待铅粉而白。山不待空青而翠，凤不待五色而綷，是故运墨而五色具，谓之得意。"此后，五代荆浩、清唐岱分别在此基础上做了发挥，如唐岱提出"墨分六彩"之说。墨分五色六彩，分别代替自然色彩中的不同色阶，是中国画向主体发展的认知结果，因而观赏者会觉得非常正常。画面中大面积的空白，可以看作是画面有限实体的延续。人们并没有因为马远《寒江独钓》画面上只画船不画水而觉得不可思议。

（摘自屈健《论中国画意象生成的形式要素》）

符号的本质意义在于一定时期人们对它的认同度和归属感。中国画家运用特有的符号化语言——程式构建心灵空间，使得这种视觉经验得以传承。对"墨竹"而言，"介"字点或"个"字点的组合，正好恰当地表现出了所谓郑板桥"江馆清秋"的所见所感。加之由于倏然间得到"灵感"或"神助"，虽"以真为师"（白居易《白香山集》），"凡吾画竹，无所师承，多得于纸窗粉壁日光月影中耳"（郑燮《板桥题画》），然"得天之和"，"但觉其形真而圆，神和而全，炳然俨然，如出于图之前而已耳"（白居易《白香山集》）。然而，这种创造性必是在相当长的时间里，在挣脱某种束缚，在获得"心灵无限自由"的情形中产生——这正暗合了中国艺术的精神，达到"天地与我并生，而万物与我为一"的"天人合一"的境界。

（摘自屈健《论中国画意象生成的形式要素》）

从郑板桥的众多墨竹图中所表现出来的自然、天趣、不着痕迹的视觉效果来看，他的作品是具有极强艺术真实感和相当艺术感染力的，其所绘或静、或动、或枯、或嫩不容置疑。换句话说，就是这些作品意象中所表现的图像、程式、笔墨等各要素得到了高度的统一。使有限的“形”显现无限的“道”、显现宇宙无限的生机，达到了审美的自然，因而使人愉悦。或者也可以认为是由于长期的观察、积累，以及某种由经验得来的表现“墨竹”这一特殊个体的手段，即约定俗成的符号——程式的合自然性的结果。在中国画的发展中，技术的不断积累，审美心理的高度成熟，成就了传统绘画特有的形式语汇，就像人们日常生活使用语言那样，这种被称为“程式”的符号化的绘画语言，使中国画形式，甚至于构成中国画的精神文化审美特性获得了最大程度的自由。

（摘自屈健《论中国画意象生成的形式要素》）

中国画观照自然的独特方式，使得它所承载艺术的审美意象的要素，即它的程式、笔墨、视觉经验与表现之间，常常表现为一种假定性，模糊的、隐蔽的，甚至具有某种启发性的意味。当然，任何艺术都有“假定性”，“假定性”是艺术的共同属性。画幅的实质，就是生活的一种假设，艺术的真实都只能是假定的真实，中国画艺术是普遍或局部的、永恒或暂时的约定俗成的整体，人们靠这些东西的帮助，在画面上表现他们的生活，从而产生真实的幻觉。

（摘自屈健《论中国画意象生成的形式要素》）

蓝调时代之二·天边的云

66cm×66cm

对写意性与水墨韵味的追求是我在工笔花鸟画创作方法上的一种实验。我非常迷恋泼绘技法在工笔画创作中的运用，那种由泼墨大写意而生发的水墨在宣纸上自由挥洒所带来的水与墨晕、墨彩相生的随意性，能够在淋漓酣畅的笔墨中充分显示出中国画艺术的张力和特点。使作品所反映的精神内涵不仅仅是源于生活、高于生活的普遍原则，而且增加了笔墨趣味，使工笔画少了一些板滞，多了几分“得意忘形”“意在笔外”的意味。实际上，在这种与审美需求相互矛盾的对立面中寻求视觉的转换，使绘画成为一个反复思考和实验的过程。

（摘自屈健《在传统与现代之间》）

版纳写生稿

吴冠中“笔墨等于零”再思考

摘　要

20 世纪末，画家吴冠中以其“笔墨等于零”之说与画家张仃“守住中国画的底线”观点产生思想碰撞，引发了持续数十年的关于水墨文化的“世纪之辩”，拓展了 20 世纪末 21 世纪初面对新的社会文化变革中关于笔墨本体的更深层次的学术探讨与在全球化浪潮中对中国画未来发展的思考。使人们更清晰地理解了中国画艺术在当代的创新，不仅要守住中国文化的“底线”，而且还要放眼世界，融会贯通。真正把握“笔墨”的整体形态及其内涵，才能创作出反映新的时代风貌的佳作。

关键词

吴冠中　张仃　笔墨　底线

近 20 年来，在中国美术界，吴冠中一直是一个颇富争议的人物，从围绕 20 世纪 70 年代末到 80 年代初他关于“形式美”的观点，到 90 年代初“笔墨等于零”之说引起的世纪末最为持久和激烈的水墨文化论争，再到近年来他对“美院教育与美协、画院体制”的抨击，每每引起美术界与媒体界的广泛响应，一次又一次地把吴冠中推到了艺术潮流的风口浪尖上。[1] 显示出他作为杰出艺术家所具有的非凡的胆识和强烈的批判意识。特别是关于“笔墨”的大辩论，由于其本质涉及当代艺术的核心价值取

【1】吴冠中关于形式美的观点主要见于《绘画的形式美》（载《美术》1979 年第 5 期）、《关于抽象美》（载《美术》，1980 年第 10 期）和《内容决定形式？》（北京市举行油画学术讨论会的问题讨论中吴冠中的发言，载《美术》1981 年第 3 期）等文章，在当时曾引发了一场全国性的关于“形式美”问题的激烈辩论。被认为是改变了人们对早已习惯了的“内容决定形式”的现实主义美术创作作为唯一正确方法的思维和观念。改变了人们对“内容”和“形式”的习惯看法。为美术创作由单一的现实主义美术创作向更为开放多元的现代形态转型在理论认识和创作实践层面发挥了积极作用。2007 年，吴冠中又以“以奖代养”“取消美协、画院”等言论激起轩然大波，并在后来接受《南方周末》等媒体采访时批评美协、画院“从中央到地方，养了一大群不下蛋的鸡”，指出美术界的问题，“不光是艺术教育，还有艺术场馆、大赛评奖、市场，全方位都有问题，而问题的背后，其实就是一个体制问题”。这些言论不仅引起了圈子内的巨大触动，也激起了网民的热烈讨论。

春暄图

136cm×68cm

桃寿三千年

68cm×136cm

纵观中国绘画的历史，水墨与丹青是构成这种传统艺术色彩体系中不可或缺的二元要素，它们同样是中国绘画认识自然、表现自然和中国艺术家自省内心世界的方法。因此，对于任何一方的偏废，都将会损害我们对中国绘画的全面理解和领悟。

（摘自屈健《水墨的色彩》）

向，即针对全球化语境中中国画的发展与变革要不要重视传统基因——笔墨，以及要不要保持中国画的边界这一问题的深层次思考，无疑为新时代中国画的发展道路提供了重要的借鉴价值。

关于这场以吴冠中"笔墨等于零"和张仃"守住中国画底线"为代表的两种针锋相对的"笔墨"观点的论争，最早发端于1992年发表于香港《明报周刊》的不足千字的短文《笔墨等于零》。此文是吴冠中与香港大学艺术系教授万青力在席间就笔墨问题争论后所写，1997年11月13日《笔墨等于零》被《中国文化报》全文转载，当时并未引起广泛关注。1998年第2期《中国画研究院通讯》上全文转载了这篇文章，1998年第2期《美术观察》"论摘"中再次摘转了《笔墨等于零》一文。后在1998年11月举办的"98国际美术年——当代中国山水画·油画风景展"的学术研讨会上，吴冠中的老友，老画家张仃以《守住中国画的底线》为题发言，对"笔墨等于零"提出公开批评，由于两人的社会地位与影响力，迅速引起巨大反响。从1999年初开始，美术界关山月、潘洁兹、王琦、邵洛羊、姚有多、童中焘、王伯敏、夏硕琦、郎绍君、周韶华、刘骁纯、刘曦林、张立辰、陈绶祥、翟墨、洪惠镇、李松、冯远、孙克、赵绪成、冯健亲、林木、陈传席、丁宁、梁江、李一等画家和理论家纷纷参与论辩，《美术》《美术观察》《美术报》《美苑》等杂志发表了大量论辩文章。《光明日报》《中国文化报》《文艺报》或转载、或组织文章，将讨论推向高潮，并波及境外华人圈，形成了声势浩大的所谓"世纪之辩"。

这场热烈而又持久的辩论在今天看来并不是一个孤立的话题和历史事件，而是对百年中国画变革历程中所经历的20世纪初"美术革命"、新中国初期"新国画运动"和20世纪80年代中期"中国画危机"等几次重要的关于中国画前途讨论的延续，辩论的展开，再度引发了人们对中国画的文化构架、中国画美学体系、中国画与世界、中国画与时代关系等多方面的思考，而其核心则是"笔墨"。

那么，什么是中国画的"笔墨"呢？所谓中国画的笔墨是毛笔用墨在宣纸上创作的中国画的物质构成与中国文化精神在中国画审美中的总和。由工具的"笔""墨"到由人使用而创生的"笔墨"的过程，是审美主体作用客体后的情感、理念和心灵感应在宣纸上的宣泄和倾泻。在中国画中，自古以来，笔墨之论见仁见智，如所谓"有笔有墨谓之画"（恽南田语），所谓"笔与墨会，是为絪緼，絪緼不分，是为混沌"（石涛语），所谓"论用笔法，必兼用墨，墨法之妙，全以笔出"（黄宾虹语），林林总总，不一而足，既可理解为技法，但亦承载了诸多形而上的内容，是一种同时具有物质性与精神性的中国画审美载体。

蓮之愛出泥不染不枝不蔓
是為君子之所好也 甲午屈健
潑墨者用筆微妙
不見筆徑如潑出耳
濁者為之則塗鬼矣
眼不起王洽而問之
錄李日華論潑墨句
歲次丙申秋屈健補題

泼墨莲花

68cm×136cm

回望这场“世纪之辩”，不难看出论辩的主线，即吴、张二人的思想，必然“成为研究这场学术之争不可回避的首要起点”[2]。作为融会中西艺术，具有敏锐的创新意识的艺术家，吴冠中在《笔墨等于零》一文中开篇即提出了自己鲜明的观点：“脱离了具体画面的孤立的笔墨，其价值等于零。”[3]他曾在接受访谈时，对此做过解释，认为可以从两个层次去理解这句话：一是构成画面，其道多矣，点、线、块、面都是造型手段，黑、白、五彩，渲染无穷气氛，孤立的色无所谓优劣，品评孤立的笔墨同样是没有意义的。二是笔墨只是奴才，它绝对服从于作者思想情绪的表达，情思在发展，作为奴才的笔墨手法永远跟着变换形态。所以，脱离了具体画面的孤立的笔墨，其价值等于零，正如未塑造形象的泥巴，其价值等于零。[4]从上所言可知，吴冠中“笔墨论”的核心论点是反对把笔墨作为品评一幅画优劣的唯一标准，反对用笔墨来衡量一切。在他看来，“国画领域到处都是食古不化的陈词滥调”，许多画家只会用固定的技法标准来套创作，“十分程式化”，使得中国画缺少创新活力。吴冠中希望通过对程式化标准的否定来解放笔墨的局限性，提升笔墨表现的潜力，创造出新的富有时代气息的笔墨。他说：“笔墨不受老的陈法的圈套，不断地发现，用什么手法都可以，只要效果好，就是好笔墨。”可能意识到“笔墨等于零”思想在传播过程中出现的误读现象，他在文章中及后来的几次谈话中明确说明自己的理论并不是要抛弃笔墨，而是立足笔墨的新发展，“也许将被咒骂失去了笔墨，其实失去的只是笔墨的旧时形式，真正该反思的应是作品的整体形态及其内涵是否反映了新的时代风貌”[5]。而作为论辩的另一方代表，张仃更多是站在笔墨具有独立审美价值的特性角度来阐述自己的观点，他认为：吴冠中“笔墨等于零”作为一个流传广泛的口号，尽管有各种不同解释，但不管怎么解释，“也不如字面意义那么明白彻底”，“笔墨等于零”就是最直白的解释与说明，“就是否定笔墨的价值与存在意义”。作为对这个口号的回应，张仃提出“守住中国画的底线”，而这底线就是笔墨，“是对中国画来说最重要的东西”。他说：“由于笔墨这最后一道底线的存在，使我们在西学东渐的狂潮中仍然对中国画没有失去识别能力和评价标准……笔墨就是中国画的局限性，就是中国画的个性。”他认为笔墨不等于零的原因在于“人们看一幅中国画，绝对不会止于把线条（包括点、皴）仅仅看作造型手段，他们会完全独立地去品味线条（包括点、皴）的‘笔性’，也就是黄宾虹所说的‘内美’”[6]。

“笔墨等于零”与“守住中国画的底线”之辩，看似针锋相对，实则是重点不同，通过对他们的观点进行对比分析，可知吴、张二人争论的关键在笔墨，但是由于二人所站的角度各异，对“笔墨”的理解也就有很大的差别。吴冠中认为笔墨是技巧与手段，而张仃则认为笔墨是主体与根本，这大概是因为二人在从艺的过程中所受的不同文化熏陶所致，吴冠中受西方艺术思想影响较多，认为笔墨就是技巧，表现出来就是形式，是为绘画（具体为中国画）服务的造型手段，所以如果孤立谈笔墨的价值是没有什么意义的。而张仃则是站在中国文化尤其是明清以来的文人画传统上来理解笔墨，认为笔墨是中国画的主体，是中国画的根本，笔墨之中渗透着深刻的文化内涵，所以笔墨对于中国画其价值不可估量，不能轻易否定。比较吴、张之争，“长安画派”代表人物石鲁在此前的30年就曾在理论上以“艺之总归，术之微要”的高度对中国画“笔墨”作过精彩阐述，他认为“思想是笔墨的灵魂”，“画有笔墨则思想活，画无笔墨则思想死。画有我之思想，则有我之笔墨；画无我之思想，则徒作古人和自然之笔墨奴隶”。同时，他还指出：“笔墨之为表现技巧，其理既深又浅，既概又微，既

【2】刘凯：《二十世纪末美术界“张吴之争”分析与研究》，载《清华大学学报》，2011年第3期。

【3】吴冠中：《笔墨等于零，吴冠中谈艺录》，人民美术出版社，1995：266。

【4】韩小蕙：《我为什么说“笔墨等于零”——访吴冠中》，载《美术》，1999年第7期。

【5】吴冠中：《笔墨等于零，吴冠中谈艺录》，人民美术出版社，1995：266。

【6】张仃：《守住中国画的底线》，载《美术》，1999年第1期。

香祖花王

136cm×68cm

迎春

66cm×66cm

抽象又具体，既难又易。深者，通乎义理性情；浅者，明乎物象形貌；概者，总其精神；微者，见于血肉；抽象者，概括乎诸种性属；具体者，不改于物形；难者，精到非易；易者，操之非难。"[7]它既不是复古家所谓的民族神秘之孤魂、崇洋家所谓的物体之皮毛，也不是务虚家所谓的"力透纸背"之神功、务实家所谓的不可言传之绝技，而是"既为内容之规定，又超于内容之范围"的"画之主客交织之生命线"。[8]因此，艺术创新的真谛在于"通"和"变"，将"形而下"笔墨的技巧上升为具有自我特色的"形而上"的笔墨思想，也正是"长安画派"在艺术实践中得以在20世纪六七十年代得以脱颖而出的关键所在。当然，这场论辩，由于诸多艺术家、艺术理论家和批评家的共同参与，最终超越了吴、张二人最初的观点之争，拓展了20世纪末21世纪初面对新的社会文化变革中关于笔墨本体的更深层次的学术探讨与"在全球化浪潮中要不要以及怎样珍视民族艺术语言价值的问题"[9]的关于中国画发展道路的思考。

今天，吴冠中、张仃先生均已作古，这两位被誉为是清华美院"双子星"，在20世纪中国画坛产生重要影响的革新型艺术家所引发的笔墨论辩终究使人们体会了大师们思想碰撞的火花，他们在论辩中彼此对学术一丝不苟的求解精神，无疑对于今天的艺术研究和创作具有不可忽视的启示作用。吴冠中"脱离了具体画面的孤立的笔墨，其价值等于零"的论断，虽是以西方现代艺术观对中国笔墨的传统价值予以新的思考，有其片面甚或偏激之处，但无疑是对那些只顾玩弄技巧，而缺乏思想和灵魂的艺术垃圾制造者是一剂清醒剂，对于去除当代艺术的浮躁、弘扬文化创新精神具有重要价值。作为一个学贯中西，既具有独特艺术风格，又具有思想深度和鲜明批评意识的艺术家，他对中国当代艺术之沉疴识之深、苛之切，其言其行虽然犀利，但他敏锐的眼光、独到的见解和作为一个真正艺术家所具有的自省意识，以及他对艺术的真诚与批判精神殊为难得。

当前，中国画艺术要想获得大的发展、大的繁荣，就要不断前进，不仅要守住中国文化的"底线"，而且还要放眼世界，向人类一切优秀的文化学习，兼容并蓄，融会贯通。真正把握"笔墨"的整体形态及其内涵，才能创作出反映新的时代风貌的佳作。

（本文曾发表于《艺术评论》，2014年第5期）

【7】石鲁：《学画录》，载叶坚，石丹主编：《石鲁艺术文集》，陕西人民美术出版社，2003：160。

【8】石鲁：《学画录》，载叶坚，石丹主编：《石鲁艺术文集》，陕西人民美术出版社，2003：160。

【9】郎绍君：《笔墨答客问——兼评"笔墨等于零（下）》，载《美术观察》，2000年第8期。

善用艺术语言　讲好中国故事

摘　要

艺术作为人类认识世界的重要方法，其语言形式多样，融丰富的想象力、巧妙的形象性、独特的审美性和“润物细无声”式的表达方式为一体，具有易于跨越文化、种族与不同意识形态，为更多人们接受的特点，在讲好中国故事的多种选项中，运用艺术的语言进行表达无疑是一个开放的且令人愉快的选择，对于向世人展示现代中国和中国人的当代形象、传播中国当代的价值观等具有独特的价值。

关键词

艺术语言　中国故事　价值观

精彩的故事是一个国家形象的生动写照，是一个民族软实力的核心象征。约瑟夫·奈在其著作《软实力——世界政治中的成功之道》一书中指出，软实力是通过吸引而不是强制或金钱达到目的的能力。它来自于一个国家文化、政治理念和政策的吸引力。它的“成功不仅取决于谁的军队赢得胜利，而且取决于谁的故事赢得胜利”[1]。近年来，随着中国的经济的飞速发展，中国日益走向世界舞台的中心。但外界在对中国的认识上还存在不少偏差甚至疑虑。如何消除误解、建构与传播好国家形象？则是大国崛起中必须面对的问题。作为“讲好中国故事”的倡导者，国家领导人在出访演讲中，以孔子“已所不欲，勿施于人”“新狮子论”等观点来阐述中国在现代化之路与人类命运共同体建设中与世界的关系，传递了中国梦的世界价值，为世人树立了负责任的国家形象和务实情怀。

讲述中国故事不难。中国有着五千年的辉煌文明，并不缺乏故事的素材。从绵长悠远的古代文化到现代中国一个多世纪的激流勇进，我们拥有蕴意深邃、震撼心灵的中国故事。但讲好中国故事不易！我们所欠缺的是以什么样的视角，运用什么方式，把中国故事的内涵讲出世界性的能力。因为我们面对的是世界文化的多元性，听众的多样性，只有站在世界的背景上，用独到的眼

【1】姚晓东：《如何向世界讲述中国故事》，载《江海学刊》，2010 第 6 期。引文原文为俄文。

神存富贵　始轻黄金

136cm×68cm

丰年

68cm×68cm

中国画意象的生成，是建立在中国特殊哲学背景和民族文化心理结构基础上的一种独特的东方艺术美学。就传统中国画而言，意象、程式、笔墨是构筑中国画人文情态的重要依据，是中国画审美意象生成最主要的形式要素，被赋予了众多的象征意义和责任，成为中国画艺术重要的识别标志。意象、程式与笔墨的交融体现了中国艺术对道的观照，对中国画最终意境美的形成具有重要意义。

（摘自屈健《论中国画意象生成的形式要素》）

光来挖掘中国故事的深意，“晓之以理”“动之以情”，才能吸引听众，消除误解，更容易赢得亲近与尊重、支持与信任，促进异质文化的交流，并最终使得中国文化真正走向世界。

在讲好中国故事的多种选项中，运用艺术的语言进行表达无疑是一个开放的且令人愉快的选择。

作为人类精神世界三大支柱之一的艺术，是实现历史进步、传承创新的重要推动力量。它与科学、人文认识世界和表达情感的方式虽各有侧重，但却互为傍依，并以其丰富的想象力、巧妙的形象性、独特的审美性和“润物细无声”式的表达方式，成为可以跨越文化、种族与不同意识形态，为更多人易于接受的沟通方式。

吴冠中是一位学贯中西的艺术大师，其开拓性在于敢于对脱离了具体形象的笔墨进行大胆的质疑，通过打通中西绘画艺术形式的技法壁垒，使形式与内容达到了完美结合，使“中国绘画，包括油画和水墨都走向了现代，走向了世界”（吴冠中语）。作为用艺术的语言讲述中国故事的成功案例，2012 年 5 月，由上海美术馆和美国亚洲协会美术馆联合举办的《水墨革命——吴冠中的绘画》展览在纽约的美国亚洲协会美术馆开幕，引起《纽约客》《纽约每日新闻》《纽约晚报》等众多媒体的关注和轰动效应，从《纽约时报》的描述即可见一斑：“中国不仅仅通过经济实力来取得世界地位，现在已经转向了美术馆，通过在美国展出更多的中国艺术加以推动。”在展出的吴冠中的 54 幅水墨代表作中，表现苏州园林、周庄、江南水乡等中国元素、中国面貌与中国精神的水墨作品为主，“不仅因其艺术价值，更源自思想的力量”，向美国的观众很好地讲述了发生在当代中国、栩栩如生的“艺术的故事”，也正是吴冠中先生的毕生求索，最后以“中国的文化精神结合了西方艺术的审美”，使得美国观众“不仅看懂了吴冠中，而且为之深深感动”。

用艺术的语言讲述中国故事，向世界提供中国经验的方式是多种多样的，它既是一种外化，也是一种内省。今天的中国、今天的我们，完全有责任从历史与现实中挖掘这些凸显东方智慧的经验，让全球共同享有这份人类文化的宝贵财富。而对自身优秀艺术文化传统的自信、自觉、自省和自新则是讲好中国故事最基本的前提。

回望 20 世纪 20 年代，当中国艺术的发展在传统与西化的艰难选择与激烈讨论中彷徨徘徊时，年轻的艺术家赵望云勇敢地从“象牙之塔”走出，奔向“十字街头”，用震撼人心的笔墨真实地反映了战乱中满目疮痍的中国，将传统绘画从未涉猎的题材纳入到艺术表现的世界，为我们留下了苦难的“旧中国的故事”。赵望云一生恪守“不画不劳动的人”的艺术信念，坚持从生活中寻找创作的动力、汲取艺术的源泉。新中国成立之初，他与石鲁等人，开创了“长安画派”，将心血全力倾注到用艺术的语言表现新社会、新生活、新风尚的创作实践和理论探索中，用画笔讲述了格调与之前截然不同的“新中国的故事”。这些富有时代气息的、跃然于纸上的活生生的故事，今天已经成为艺术的经典。

亦如赵望云等一代艺术大师，有情怀的艺术家能够将国家的命运、民族的精神、人民的生活艺术化地展现于笔墨之间，能够捕捉时代进步的光影、描绘人民追梦的脚步、传达民族复兴的讯息、体现社会倡导的价值。

作为新中国用艺术语言讲述中国故事的先驱之一，石鲁坚信：“生活是画的源泉。画无生活若加工无原料。生活枯竭，画必凋败。”[2] 1954 年，石鲁创作的《古长城外》，其题材来自于普通人民生活，通过对新修的兰新铁路穿过古老长城时牧羊人的描绘，有力地展示了新中国成立初期社会主义建设日新月异的成就。

【2】石鲁：《学画录·生活章》。

"画蒙生活为营养，生活藉画以显精神"，艺术家视野中的中国故事应该是多维现实的契合、多彩生活的展现，更应该是时代脉搏的反映。

中国改革开放探索不缺乏精彩的故事。然而，精彩的故事需要精彩的讲述，需要准确、到位的阐释；亦需要艺术的表达，需要诗意和精妙的描绘。艺术作品除了形式上的易读感和亲和力外，其根本面向应该是人心、人性和人情，是艺术家以其个性与创造力，通过其艺术语言与观众的娓娓交谈，是集品格、情怀、理想、信念与包容为一体的精神的神遇，更是时代对讲述者讲述才能的检验。我想如果具备了这些条件，不管讲述什么样的中国故事，都会是真实而又深刻有力的。

作为迄今为止国内规模最大的主题性美术创作工程，2016年11月展出于国家博物馆、历时5年精心创作的"中华文明历史题材美术创作工程"，及此前已完成并于2009年9月展出于中国美术馆的"国家重大历史题材美术创作工程"，是由国家倡导实施的高规格主题性美术创作活动的姊妹篇，也是近年来运用艺术语言讲述中国故事成功的范例。依托国家之力，以鲜明的中国文化立场、中国艺术风格、中国民族气派为引导，以现实主义精神与写实主义、浪漫主义、表现主义等诸种艺术样式充分兼容互补为特点，以集中集体智慧与展现艺术家个性相结合，以国画、油画、版画、雕塑等多艺术门类的表现形式，以史诗般的宏达叙事，展现历史风云、文明进步中的中国故事，达到的艺术、学术上的高度统一，自然站在了当代文化的制高点。

用绘画、雕塑、音乐、舞蹈、电影、曲艺等艺术语言和多种含蓄委婉的表达方式讲述中国故事，往往可以超越地域和语言的隔阂，更好地实现不同民族间心灵的沟通和对话、文化的理解和认同。20世纪五六十年代后以《小蝌蚪找妈妈》《鹿铃》等水墨动画为代表的"中国学派"动画电影引起世界的关注与轰动就是鲜活的例子，其成功之处不仅是民族风格的表达成功，更是对中国神话、民间故事、传说、寓言等多种中国文化元素及水墨画、民间美术、皮影、泥塑、木刻等多种艺术的表现语言的世界性表达的成功。

当下的中国正在吸引全世界越来越多的关注，因为世界需要了解中国、需要倾听中国故事。在我们熟知的中国故事的开篇，虽然总是离不开经济成功的案例，然而，我们在政治改革、文化改革和社会发展等方面的成绩也十分显著。在世界视域中，中国的国家形象绝不能仅仅是单一的"世界第二大经济体"，中国文化也不应该仅仅只是太极、武术、书法、杂技等这些源于远古时代的"国粹"。国际社会对我们有更多的好奇、疑问与期待，恰恰与我们的现实世界密切相关。因此，讲好"中国故事"，艺术的语言和语言的艺术尤显重要，讲述什么，如何讲述，是中国故事走向世界的关键。在一个人人都是叙述者、人人都是倾听者的世界，讲好一个国家的故事、构建一个民族的灵魂、唤醒一种文化的自信、赢得一种心灵的理解和信赖，也许是更广义和更有内涵的成功。这就要求我们不仅要注意同一语境中的对内讲述，还要不断拓展跨文化、跨媒体的传播，"要有不断审视的自觉，因势而谋、应势而动、顺势而为"，以"对话的姿态、沟通的诉求从整体到细节转换话语方式"，运用多种讲述形式，包括艺术的语言，向世人展示现代中国和中国人的当代形象、传播中国当代的价值观。使中国故事"与多维现实契合，让'复杂'中国变成'多彩'中国"[3]，将一个全面的、立体的当代中国呈现为真实、优美、独一无二的中国故事。

（本文为陕西省高校人文社科青年英才支持计划，陕西省百名优秀青年作家艺术家扶持计划阶段性成果。曾发表于《人民论坛》，2017年5月9日）

【3】李成：《"讲好中国故事"需要四个转向》，载《中国记者》，2016年第5期。

紫气

136cm×68cm

秋聲賦
竹數竿
雀兩三
世之春
秋亦在
筆墨之
間處得
識者其
賞玩 歲次癸巳屈健

秋声赋

34cm×136cm

工笔花鸟画在当代创作实践中所面临的难题，既包括对前人丰富的文化传统的超越，也包括对现代艺术形式的吸纳。我在《融》《月上西楼》等作品的创作中，在吸收宋画严谨工细的表现手法的同时，将西方绘画的某些元素引入到对环境的烘托中，有意加强对意境的营造，注重单纯、整体的画面构成与色彩的气氛，但不舍笔墨，以墨为本，试图打破“自然外形”与“花鸟程式”的正常秩序与结构，表现了一种新的视觉效果与精神内涵。

（摘自屈健《在传统与现代之间》）

西安晚报——屈健访谈

樊奎：您在40岁之前，便完成了从副教授到教授、再到博导的过程，如今又执掌学府一方，这些在一般人眼里可望而不可及的履历，是偶然还是必然？

谢谢您的提问！我可能是比较幸运一些，在我的成长中，大家对我都非常关照。我是31岁时破格的副教授，37岁那一年获得博士学位和教授职称，但博导没那么早，是在41岁。当然，这个履历可能在人文社科研究领域和艺术创作领域算是起步比较早，但这应该不是靠我一个人的能力所能完成的，是天时、地利、人和三方面共同作用的结果吧。至于做一些管理方面的工作，大概是因为组织上和同事们觉得我办事有点条理，性格相对包容一些、不太计较、比较有一点吃苦精神吧！我很感谢在我前行的路上不断给我鼓励和帮助的前辈和朋友们。其实，在我的圈子里，优秀的人很多。用我某个同学的话说，我运气好，一路总能遇上鲜花。如果一定要从自身找出一点原因的话，我想最有可能的是我的性格中的执着帮助了我。

樊奎：书、画、诗、文是您追求的方向，但这似乎是一个不合时宜的话题，因为这种全面修养被画家群体日益忽视，故有“画家越来越多，文人则越来越少”之说。您怎样看待绘画作品中的人文性？

中国画是一门传统的艺术，有很久远的历史和很深刻的内涵，从古到今，特别是唐宋后所谓“文人画”兴盛以来，一直非常重视作品中对人文性的传承。这种传承在很大程度上是建立在对自然形的解构基础上，建立在对“形”与“神”的独特的体悟之上的，所以古人讲“论画以形似，见与儿童邻”，讲“超以象外，得其环中”，我想这是中国文化的智慧。西方古典绘画重形，画得很准确、很具象，创作一幅作品在很大程度上取决于造型。中国传

春夏秋冬四条屏

136cm×32cm×4

花開不並百花叢獨立疏籬
趣無窮寧肯枝頭抱香死何曾吹落

荷葉羅裙一色裁芙蓉向臉兩邊開亂入池中看不見聞歌始覺有人來
歲次戊戌之冬屈健長安之作並記之

雲想衣裳花想容春風拂檻露華濃若非群玉山頭見會向瑤臺月下逢
歲次戊戌冬屈健

凡畫氣韻本乎游心神彩生於用筆用筆之難斷可識矣故
愛宾稱惟王献之能為一筆書陸探微能為一筆畫無適一篇之
文一物之像而不能一筆可就也乃是自始及終連綿相屬氣脈不斷
屈健

国色荟萃

96cm×180cm

统文人绘画重意味、重趣味，讲“外师造化、中得心源”，对艺术家自我内心的观照多一些，一幅好的作品很大程度依赖于画家的画外功夫，依赖于“诗书画印”等多种人文要素的配合，所以对画家综合修养的要求自有它的一套系统。

樊奎：在西风东渐背景下，国画创作中制作、写实之风盛行，有国画家认为，有了造型能力就什么都能画，国画和西画的区别，无非是绘画工具和材料的转换。您怎么看待这一观点？

近代绘画史是一部中外艺术文化交流的历史，既有以徐悲鸿、林风眠、吴冠中等为代表的融合派，也有以齐白石、潘天寿等为代表的国粹派，这说明通往艺术象牙塔的路不止一条。石涛讲“笔墨当随时代”，不断尝试新的创作观念、技法和材料本身没有错，但有一点必须清楚，中国画有自己长期以来形成的独特的审美系统，有它独有的程式化，有它的评判法则，更有它独特的中国味道，不仅仅是有造型能力就能包办一切那么简单，这个道理好比会说汉语的未必就一定是中国人一样。

樊奎：您主攻国画，却未偏废书法，谈谈您个人对书法的体会和认识吧？

古人讲“书画同源”，赵孟頫有一首题画诗最形象：“石如飞白木如籀，写竹还於八法通。若也有人能会此，方知书画本来同。”这首诗把书法的笔法和绘画的形象做了一个联系，可见两者关系不小。要知道，书法和国画都是线条的艺术，书法本身更纯粹线条化一些，但它们对工具材料的要求相似度很高。我对书法的关注，可能首先是站在绘画的角度，以提高画面中线条的表现能力为主要目标的。但我发现，一位艺术家的书法和绘画之间所具有的某种对应关系，却是一个很有意思的现象。比如李可染书法用笔迟重，画也画得深厚；林风眠书法用笔流利，画也画得飘逸，等等；诸如此类。也就是说，对于一位画家来说，书法不是一件小事，这也可以算是我在画余常常书写的一个原因吧。我不是那种每日都能花很多时间临池不辍的苦学派，但我会常读帖，体悟其中奥妙。

樊奎：您的诗词创作颇丰，在书画诗词创作之余，您是不是也过着一种诗情画意的日常生活？

颇丰说不上，只是出于个人爱好，或者题画需要，写过一些诗词，有时候我想，我可能曾经有过一点文艺青年的梦想吧，多少有点少年不知愁滋味的感觉。但写作有时候是一个苦差事，它呈现在观众面前的诗情画意也可能是作者生活的逆向反映，也可能是正向反映。当然，不管反映的是生活的哪一个方面，有梦想最重要。

樊奎：理论研究在您的工作中占有相当比重，近一两年关注和研究的方向是什么？

我在南艺读博士的时候，做了一个“长安画派”研究的课题，得到了一些专家的关注和鼓励。近年来我的研究基本围绕这个方向开展，主要是对“长安画派”的历史、代表画家、艺术思想、历史定位等问题进行了一些思考，也涉及一些泛中国绘画美学问题与陕西当代美术创作的理论研究。

樊奎：高校学科日趋细化，有学者担忧，学科细化会导致高校书画教学格式化、技术化，这与人文学科的教学要求相悖。您在高校艺术专业任教并从事管理工作多年，您认为这种担忧合理吗？

我不赞成专业的过度细化，我想，大学首先要培养的是具有健全人格、创新意识和批判精神的人，它应该是授人以渔的殿堂，对知识结构与体系的把握要比对技能的培训更重要一些，如果把大学等同于职业技术学院，那大学的存在还有什么意义？真正的大学精神也就不复存在了。

樊奎：翻开各类画册和刊物，“长安画派”的“传人”随处可见，似乎在长安这块地界画画的人，都成了“长安画派”的传人。您对“长安画派”有过深入研究，“长安画派”的精神内核是什么？一个画家具备什么样的素质后，才有能力和资格继承“长安画派”？

这个问题比较难回答。一个画派的兴与衰，就像一个人的生与死一样，逃不脱自然法则。明代“吴门画派”声势浩大，但其传播亦不过百年，除沈、文、唐、仇及其弟子外，而未见得凡是苏州画家都能称“吴门画派”。所以我在研究“长安画派”时，专门将“长安画派”四个字打上引号，我想我所指的“长安画派”是一个历史的概念。至于“长安画派”的精神内核，石鲁先生晚年说的七个字最好，那就是“探索、探索、再探索”。不断创新应该是所有艺术创作的真谛，而能够有能力、有资格传承“长安画派”艺术精神者一定是勇于创新的探索者。

（本文曾发表于《西安晚报》，2013年4月28日）

紫陌红尘

136cm×68cm

春草长

46cm×68cm

赵望云晚年作品，由以写生为特色的创作转入对心灵世界抒写与精神家园的呼唤，笔墨日趋粗放、拙涩、厚朴、老辣，纯然进入无法而法的化境，他作品中大量渴笔淡墨与水色的交融，营造了画面梦境一般的迷离与不可捉摸。画中粗朴的山石、古拙的老树，使他的灵魂、理想、个性、气质、本色与他再造的自然浑然一体。他壮年时所主张的“走向十字街头”、努力拉近作品与观众距离的美学追求，在经过历史与现实的洗礼后，到了晚年却自觉不自觉地与现实生活拉开了距离，走进了“象牙之塔”，成为现代绘画史上罕见的“逸品”。

（摘自屈健《艺高人贵 术巧成风——赵望云艺术论》）

新雨

46cm×68cm

从来不见梅花谱，信手拈来自有神
——红帆网专访西北大学艺术学院院长屈健教授

“冗繁削尽留清瘦，画到生时是熟时。”

明代著名画家徐渭有诗云：“从来不见梅花谱，信手拈来自有神。不信试看千万树，东风吹着便成春。”以此形容身为西北大学艺术学院院长，同时也是一位画家的屈健教授，再合适不过。

在此次采访前，我们内心是有些忐忑的。琢磨着，这么一位年轻有为，在画坛上崭露锋芒的艺术家会不会像古时文人画家那般孤傲清绝，难以接近。但当看到屈健教授面容和蔼朝我们走来，并十分热情地招呼我们坐下的时候，我们那种担忧便烟消云散，代而替之的是对接下来采访的满满期待。

让人愉快的是，屈院长在整个访谈过程中，流露出一种淡雅恬静、从容坚定的气质。这显然是与屈院长一直以来所坚持的中国画创作密不可分的。中国画讲究“诗书画印”的紧密结合，一幅雅致的国画同时也是一首耐人品味的诗词。屈健教授素喜唐诗宋词，并懂得如何在画作中体现“情”之真与“境”之美。在他的画作中，我们不仅能看到宋画的精湛与诗意，还能体会到晋人的优雅情怀。这是屈院长的作品获得成功的一个重要原因。当谈及创作灵感由何而来时，屈院长引用了郑板桥的诗句：“四十年来画竹枝，日间挥写夜间思。冗繁削尽留清瘦，画到生时是熟时。”屈院长说，灵感不同于天赋，天赋取决于先天因素，而灵感更注重专业知识的积累。没有一定的知识储备，灵感只是无稽之谈。如同一座大厦，唯有根基稳固，才能傲然耸立、直插云霄。屈院长这种严谨求实的态度，令人不禁想起闻鸡起舞的舞剑者，挑灯夜读的读书人，日夜兼程的旅行者。所谓灵感来自踏实走好的每一步，走到生时是熟时。

“创新就是在前人的基础上往前走半步。”

屈院长将自己的作品风格定位在传统与现代之间。在秉承中国传统花鸟画的艺术理论与创作方法的同时，屈院长还善于用现代审美情趣表现自然界中所蕴藏的美。我们就传统和创新这一组

绿树浓荫夏日长

136cm×68cm

道是观音

68cm×68cm

版纳写生所见

68cm×68cm

关系请教了屈院长。屈院长回忆起20世纪80年代后期的一些画家，说道："那时候我还在念大学，正是艺术上所谓'创新'最为活跃的时期，当时很多画家急于求新，搞了不少的新花样，虽也是轰动一时。然而站在今天的角度回过头去看，一些不重视传统根基，华而不实的东西，只是昙花一现，才短短二三十年就被历史所淘汰。因为创新是在前人的基础走半步，走半步就不容易了，跨两步就会摔跤。"屈院长用这个比喻精炼生动地揭示出了传统与创新的辩证关系，即：尊重传统永远是进行艺术创作的前提条件。如若一味追求创新，无视传统艺术中的精华，那么所创作出来的作品只能是枯木死水，难以焕发生机活力，难以接受时间的考验。

"人，没有随随便便的成功。"

当被问及艺术道路上对自己产生过深远影响的人物时，屈院长意味深长地说道："没有平平顺顺的成长，也没有随随便便的成功。"随后，屈院长向我们讲述了他当年大学毕业后，从学校走到社会的经历。如在延安革命纪念馆当美工，为民间灯会画展板，在书院门口展卖自己的画作，凭着写字的手艺为酒店写过几年的宣传字板等等，也是走过一段艰难的寻找自我的道路，尝过岁月给予的雨露风霜。正是在这样的历练中，屈院长渐渐找到了自己追求的目标，也形成自己画作的风格。曾经识得梅花谱，信手拈来自有神。

当我们问起这位在今天看来颇有成就的画家，在生活中如何克服困难阻碍的时候，他只说了一句："能帮助自己摆脱困境的，只有自己。"是啊，真正的行者，最后必须面对和驯服的，只有自己的心。当一个人能够战胜自己的内心懦弱，成为自我的主宰，还怕什么艰难险阻呢？即便前有险滩急流，仍可坦然置之。

此外，屈院长还就当今大学生工作难找这一问题，以自身经历为引子，表达了自己的看法以及对我们当代大学生的寄望。屈院长说："找工作，一定要学会推销自己。所谓的公平不是一时的得失与斤斤计较，只有在自身具备一定实力的基础上，认准自己，克服好高骛远和等、靠的心理，立足实际，敢于并善于推销自己，这样才会有更多的人看到你的实力。"屈院长一语道破如今许多大学生找不到工作的个中缘由。这句话值得我们深思与反省，更成为我们日后的经验借鉴。

"人生可贵在平和。"

在和屈院长交谈的过程中，我们内心并无一丝窘迫与不安。除去"教授""院长"等头衔，坐在我们面前的是一位侃侃而谈，幽默雅逸的画家，时而引经据典，时而妙语连珠，时而幽默风趣，时而广博深邃，我们感受到在一般画家身上所看不到的儒雅和书卷气。屈院长说，人一生最可贵之处在于内心平和。"别人都说我这一路走来很顺利，好像没什么磕绊，我自己也觉得挺顺的。因为我经历的那些困难在我眼里就不算啥。"屈院长笑着说，语气中尽显轻松幽默。不得不说，我们被屈院长豁达的心态深深感染了。想来也是如此，唯有心境宽广，眼界高远，才会创作出那般笔致灵动，意境深远的画作。屈院长将"宁静致远"这一古人留下的智慧发挥得淋漓尽致。

屈院长作过不少诗。"君出钟门我从王，此间玄妙费思量。他年解得其中味，堪笑熙熙名利场。"透过一个人的文字，可窥见其灵魂。想来如今屈院长在经历过世事的锤炼后，已经解得其中意味，才能达到如此这般恬淡与平静。从他的诗文中，我们可以窥见他的内心深处是向往古人隐逸情致的。"今我寻幽南山去，且学陶令种菊花。"这种情怀，使得与屈院长的访谈变成一场雅致风趣的茶话会。为了此次采访，屈院长不仅特意把周一早上的时间空出来，访谈结束后，还赠送了我们每人一本他的国画作品集。拿到这份珍贵礼物的我们，受宠若惊之余更钦佩屈院长为人的平和朴实。无论是身为一位院长和教授，还是作为一名画家，屈院长都有着一种让人惊叹的魅力。正如台湾著名作家简媜在《四月裂帛》一书中说的，认识得越久越深，越觉得像屈教授这样的人，是我们人生行路中一处清新的水泽。

在屈院长身上，我们看到了一个真正的艺术家应具备的品质。植根于中国传统文化，紧跟时代步伐，并不忘自己的初心，是屈教授信笔画来即是春的原因所在。

屈院长就像是一位行者，穿梭于传统与现代、梦幻与现实之间，致力于调和雅逸的国画创作与学院的事务管理间的冲突点，与此同时，带着典雅古意却又不失开拓创新之心，明了世事变迁却仍不失对生活的热望。

精彩访谈语录：

记者：您怎么看待传统与创新之间的关系呢？

屈院长：我个人是比较尊重传统的。传统就像是一间房屋的基本结构，而创新则像对房间的装修。我觉得只有基本结构稳固了，才能在装修时自由发挥。古人说，笔墨当随时代。那些大家终其一生都在探索艺术传统与时代的关系，但最终的目的都是成为自己。

记者：我们了解到，您的作品中花鸟画居多，这其中是有着什么样的原因和故事吗？

屈院长：这就像一门学科中的不同分科，有的人选择画花鸟，有的人选择画山水。就我自己而言，把主要精力用于花鸟画的研究，既是一种兴趣，也算是一种选择。但有些大家如齐白石、张大千、吴冠中等人，他们以其出众的才华和个人努力，贯通了艺术多个门类，甚至跨越中西文化的界限，无论在哪方面都取得了不俗的成就。我虽不能至，但心向往之，这也是我一直以来的追求。

记者：今天越来越多的人渐渐失去艺术鉴赏的能力，尤其是对像国画这门传统艺术。针对此现象，又怎么去唤醒人们沉睡的美感呢？

屈院长：仓廪实而知礼节。近些年来，人们对艺术品的收藏热度只增不减。随着科技的进步，艺术的传播方式和传播度也在提高。一门艺术如果不想死去的话，那就必须考虑受众的需求，同时还得发挥自身的引导作用。在校园里，我开设了公共艺术课（《美术鉴赏》），就是基于对艺术与审美文化的普及与提高而开设的，希望为大学生审美的提升出一己之力。

从来不见梅花谱

68cm×138cm

中国画对诗歌和书法艺术的借鉴与吸收是构成中国画空间特征的重要因素。其时空观念的虚拟性和超脱性同诗歌艺术有一脉相承的关系。空白是中国画空间表现的一种基本形式，它是对画面时空的一种特殊处理。

（摘自屈健《论中国画空间结构》）

中国画创作的现实主义传统与当代表达

摘　要

现实主义作为与浪漫主义相对的一种创作手法，在文学艺术史上具有悠久的历史，但其明确概念的提出则源于 19 世纪的欧洲。近代现实主义传入中国，并影响中国画的发展，大致经历了三个阶段：①以西方科学主义为思想基础，产生了以用西方绘画写实技巧改造旧文人画的“融会中西”的绘画模式，其代表人物是徐悲鸿、蒋兆和，影响深远，并形成了“徐蒋体系”，成为现代中国美术学院派教育的主要模式。② 1949 年后在延安文艺思想的基础之上，以改造“旧国画”为起点，融合“徐蒋体系”、苏联模式而确立的，在特定时期具有唯一正确性的“革命的现实主义和革命的浪漫主义相结合”的新中国现实主义中国画创作，其代表性人物有石鲁、傅抱石、李可染、方增先等，产生了一批具有独特时代印记的“主题性”作品。③ 20 世纪八九十年代后，随着经济、文化的全球化进程，现实主义中国画创作呈现出更加多元化的表达方式，对现实主义传统创作定义的细节的真实性、具体描写的客观性、形象的典型性等提出了新思考、新探索。艺术家们不再单纯强调“如实描写”或“按照生活本来的样式来描写生活”，而是较多地借鉴中外艺术新的表现形式，较多地强化了个性意识，体现了当代现实主义中国画创作的开放性，这在最近几届的全国美展中国画作品中得以体现，其崭新的面貌给人以新的启示。

关键词

现实主义　中国画　当代表达

现实主义作为与浪漫主义相对的一种基本创作手法的运用，在文学艺术史上具有悠久的历史，古希腊亚里士多德的“模仿说”，文艺复兴时代人文主义文艺家阿尔贝蒂、达·芬奇等人的“镜子说”，18 世纪启蒙运动的代表狄德罗和莱辛强调艺术既要依据自然又要超越自然的辩证关系，与近代现实主义的文艺精神都具有较多相通之处。在中国古代画论中亦有“写形”“写生”“图真”“传神”“应物象形”“随类赋彩”等概念，但作为一种真正自觉的文艺思潮、艺术流派与文艺创作方法，现实主义则是于 19 世纪 30 年代后才逐渐广为人们所熟识的。

在对现实主义文艺的理论建构过程中，席勒无疑具有开创性，张玉能认为席勒不仅是西方悲剧冲突论的奠基人，而且对于西方

昨夜秋声惊入耳

66cm×66cm

又是一年春风来

68cm×46cm

一夜轻风起

68cm×46cm

流连于现实和超越之间，沉浸于精神与理想的穿越。中华民族数千年文化的积淀，深沉浩大、饱经忧患，所造就的伟大的人格理想与和谐的伦理结构。使中国画在内在气质上能够以理节情，喜怒有度，去奢从简，以柔克刚。

（摘自屈健《论中国画意象生成的形式要素》）

文艺和美学发展中是否存在着“对立的现实主义和浪漫主义”这一颇具争议的问题，最先在《论素朴的诗与感伤的诗》（1794—1796年）中已明确提出且加以论证。正是他从诗人“作诗方法”的角度，把“素朴的诗”和“感伤的诗”分别划分到“现实主义”和“理想主义”两大领域，此后经由施莱格尔兄弟的提倡，再经过别林斯基“现实的诗”和“理想的诗”，最后在苏联文学家高尔基那里，被定型为“现实主义和浪漫主义的两大文艺主潮”[1]。

19世纪30年代，现实主义首先在欧洲文艺界得以兴起并逐渐传播开来，法国文学史上最早产生了如司汤达、巴尔扎克，以及其后的雨果、大仲马、福楼拜、莫泊桑等代表性作家。在英国则以狄更斯、萨克雷、夏洛蒂等为代表，在俄国也产生了如果戈理、车尔尼雪夫斯基、屠格涅夫、托尔斯泰、契诃夫等一大批现实主义大师。

作为现实主义绘画的代表人物，法国画家库尔贝、米勒和杜米埃的作品以其纪实性、敏锐性、深刻性、社会批判性的特质，对现实社会寄予了深切的人文关怀。库尔贝甚至在刊物上发表“文艺宣言”[2]，主张作家要“研究现实”，用现实主义这个新“标记”来代替旧“标记”浪漫主义，如实描写普通人的日常生活，“创造为人民的文学”，反对一切不切实际的空想。

清末，写实主义这一概念被引入中国，杨周翰认为：“19世纪末20世纪初，首先是梁启超，接着是王国维从西方引进了写实主义这一术语，从而给中国漫长的传统以画龙点睛之笔。”[3]但作为西方文学概念，其早期译名并不完全统一，如有实际主义、写真主义、崇实主义、现实主义等数种。五四时期，在“科学”与“进化论”的大背景下，由于陈独秀等人的积极倡导，“写实主义”才逐渐被接受和流行。基于对中国社会文化的历史惰性与明清文艺陈陈相因的消极因素的认识，陈独秀企图以“写实主义”力挽颓靡：“吾国文艺犹在古典主义理想主义时代，今后当趋向写实主义，文学以纪事为重，绘画以写生为重，庶足挽今日浮华颓败之恶风。”[4]其目光所聚主要还是集中于“诗界”“小说界”等文学领域，即“文学革命”。

真正促使美术界“革命”，把“写实主义”的观念引入中国画领域的重要事件当以留日画家、时任上海美术专科学校教务长的吕澂与陈独秀在1918年1月15日《新青年》6卷1号上刊出的两篇同名文章《美术革命》为代表。吕文本是1917年底写给陈独秀的一封信，在信中，时年21岁的吕澂以其年轻人的敏锐，指出：“我国今日文艺之待改革，有似当年之意，而美术之衰敝，则更有甚焉者。姑就绘画一端言之，自昔习画者，非文士及画工，雅俗过当，恒人莫由知所谓美焉。近年西画东输，学校肄业；美育之说，渐渐流传，乃俗士骛利，无微不至，徒袭西画之皮毛，一变而为艳俗，以迎合庸众好色之心。”于是，“我国美术之弊，盖莫甚于今日，诚不可不亟加革命也”。从对传统反省的角度，首次提出美术“革命”的口号，指出作为传统美术创作主体的文人画家与民间画工，因其作品雅俗失度，而使大众难以建立起正确的审美观。作为与吕文的呼应，陈文则更进一步将美术革命的目标聚焦于传统的中国画，特别是文人画的改良上，并提出了具

【1】张玉能：《席勒对美学的原创性贡献》，载《吉首大学学报》，2005第3期。

【2】1850年左右，法国画家库尔贝和小说家尚弗勒里等人初次用“现实主义”这一名词来标明当时的新型文艺，并由杜朗蒂等人创办了名为《现实主义》的刊物（1856—1857年，共出6期），并发表了库尔贝的文艺宣言。

【3】杨周翰：《镜子和七巧板——当前中西文学批念的主要差异》，载《镜子和七巧板》，中国社会科学出版社，1990：27。

【4】记者：《答张永言》（通信栏），载《青年杂志》第1卷第4号，1915年12月。

開門迎富貴平安第一年
羊年之春大吉作此屈健長安

富贵春风图

96cm×180cm

体的路线图："若想把中国画改良，首先要革王画的命。因为要改良中国画，断不能不采用洋画的写实精神……画家也必须用写实主义，才能够发挥自己的天才，画自己的画，不落古人的窠臼。"故此，陈文疾呼："人家说王石谷的画是中国画的集大成，我说王石谷的画是倪黄文沈一派中国恶画的总结束……""像这样的画学正宗，像这样社会上盲目崇拜的偶像，若不打倒，实是输入写实主义，改良中国画的最大障碍。"

陈独秀为改良中国画开出的药方"输入写实主义"并不是突如其来的，考察19世纪末20世纪初的文化大碰撞，关于"革命"的论争，是文化界、美术界长期酝酿、思考的结果。早在吕、陈文章发表之前，维新派领袖康有为亦意识到"中国画学至国朝而衰弊极"的困局，并提出"合中西而为画学新纪元者，其在今乎？吾斯望之"[5]的期许。此后，又经鲁迅、蔡元培、徐悲鸿等人的鼓吹，则蔚然成风。特别是徐悲鸿，作为20世纪最具代表性和影响力的画家之一，其《中国画改良论》在继承康有为思想的基础上，运用历史的观点对古今中国画的优劣、中西绘画之短长进行了比较，主张以"实写"改良中国画。提出了"古法之佳者守之，垂绝者继之，不佳者改之，未足者曾之，西方画之可采入者融之"的改良方案，并在此后的国画创作、教学与理论讨论中不断实践其观点，产生了重大影响。

20世纪30年代，随着"写实主义"这一在五四时期被普遍使用的概念经过重新翻译，以"现实主义"的译名而固定下来，并在马克思主义哲学的基础上得到重新阐释。陈池瑜认为现实主义理论在中国的传播，"是马克思主义在中国传播的附属产品，也是苏俄近现代美术、文学、艺术被中国借鉴的结果"[6]。尤其是恩格斯对"现实主义"的概括，即"除细节的真实外，还要真实地再现典型环境中的典型人物"[7]，为现实主义做了较为具体的界定。"现实主义"比之"写实主义"，除了在其表现手法上的具体功用外，似更拓延了其作为创作理念的抽象功能，更具"体现现实发展变化的方向和包含理想的未来"的丰富内涵。

作为"现实主义"在中国画创作实践上的表现，20世纪早期产生的以西方绘画写实技巧改造旧文人画的"融会中西"的绘画模式一直影响至今，其早期代表人物有徐悲鸿、蒋兆和等。特别是徐悲鸿作为20世纪留欧归来的第一代把西方写实主义教育与创作模式引入中国的最具影响力的美术教育家，以此为武器，在国家危难之际，行救亡图存之职责，其艺术思想在很大程度上左右了20世纪中国美术史的进程，直至今日仍然余味犹存。徐悲鸿在如《九方皋》（1931年）、《愚公移山》（1940年）等巨幅人物画创作上，将西画写生、解剖、透视引进其中，把白描与素描体面渲染进行了有机结合，在强化造型写实性的同时，又在色彩运用上较多舍弃了西画光源色与环境色而强调固有色，彰显出中国画特有的气韵生动，达到了"形神兼备"的高度。尽管在选材上，徐悲鸿的这两幅巨作选取的均是历史题材，虽不乏古典主义的意味，但却更具对"现实"的关怀，由于其创作于20世纪30－40年代特殊的历史背景下，不难体味作品中所表达的抗日决心和毅力，以及十分鲜明的"为人生而艺术"的现实主义特征。而在《巴人汲水》（1937年）、《九州无事乐耕耘》（1951年）等作品中，则凸显出徐悲鸿所一贯坚持的"推崇古典艺术、人文主义、现实主义和浪漫主义""以人物为主体""悲天悯人"的激情[8]，和他从"悲天悯人"而升华的"寥廓之胸襟""峻极

【5】康有为：《万木草堂藏画目》。

【6】陈池瑜：《20世纪中国现实主义美术的新传统及其影响》，载《湖北美术学院学报》，2008第2期。

【7】《致玛·哈克奈斯的信》，载《马克思恩格斯全集》第4卷，人民出版社，1995：461。

【8】艾中信：《悲天悯人——徐悲鸿研究之二》，载《美术研究》，1980第1期。

去年曾访梅花园

136cm×68cm

秋叢繞舍似陶家
遍繞籬邊日漸斜
不是花中偏愛菊
此花開盡更無花
歲次戊戌之冬 屈健長安之作

新竹高於舊竹枝
全憑老幹爲扶持
來年再有新生者
十萬龍孫繞鳳池
歲次戊戌之冬錄板橋詩補空
屈健長安之作

尋常詩思巧如春
又喜幽亭蕙草新
本是馨香比君子
繞蘭今更何人
歲次戊戌之冬 屈健長安之作

之至德”和“历百劫而不灭”的“人定胜天”的史诗般的内在气质。作为深受徐悲鸿艺术思想影响的现实主义创作实践者，蒋兆和以其《流民图》（1943 年）、《阿 Q 像》（1938 年）等作品，体现出了现实主义艺术宏大、悲壮、浑厚有力的笔触，表达了对正义与和平的呼唤，使得20世纪的中国人物画创作更贴近了大众、贴近了时代，并形成“素描是一切造型艺术的基础”，以严格写实训练、符合现实主义准则，影响深远的“徐蒋体系”。

1942 年，毛泽东发表了《在延安文艺座谈会上的讲话》，强调革命的文艺，“是人民生活在革命作家头脑中的反映的产物”，要求艺术家“到群众中去”，“到唯一的最广大最丰富的源泉中去，观察、体验、研究、分析”，标志着与工农兵群众相结合的文艺新时期的开始。

在 20 世纪中叶后中国美术的现代转换中，现实主义作为造型艺术的一种风格类型、表现手法，被赋予了特殊的内涵。1949 年后，在延安文艺思想的基础之上，以改造“旧国画”为起点，融合“徐蒋体系”、苏联模式而确立的，在特定时期具有唯一正确性的“革命的现实主义和革命的浪漫主义相结合”的新中国的现实主义中国画创作，秉持着人民生活是一切文学艺术创作的唯一源泉的理念，美术家们深入到工厂、农村、部队写生，体验生活，促使中国画创作告别了“旧国画”中对才子佳人、文人情趣的追求，转向表现新生活，产生了一批具有代表性的、具有主题性和独特时代气质的社会主义现实主义中国画创作。如方增先《粒粒皆辛苦》（1955 年）、黄胄《洪荒风雪》（1955 年）、王盛烈《八女投江》（1957 年）、石鲁《转战陕北》（1959 年）、傅抱石、关山月《江山如此多娇》（1959 年）、李琦《主席走遍全国》（1960 年）、李可染《万山红遍》（1963 年）、刘文西《祖孙四代》（1962 年）等。

1960 年秋，以傅抱石、亚明、魏紫熙、宋文治、钱松喦等江苏画家为主体，鲁迅美术学院、南京艺术学院部分师生参与的二万三千里写生，是现代中国画史上的一个重要事件。写生团以对“中国画传统笔墨如何反映现实生活”的实践为目标，足迹遍及豫、陕、川、渝、鄂、湘、粤等省的十余个城市，创作了一批反映社会主义建设新貌的佳作，最终促成了 1961 年 5 月在中国美术馆的“山河新貌”展览，成为“新金陵画派”的发端。明确提出“思想变了，笔墨就不得不变”的理念，把是否“积极地表现社会主义欣欣向荣的景象”作为一个画家是否拥有新思想的标准。

与此同时，在西北地区，一个以石鲁、赵望云等西安画家为代表的艺术团队也在进行着“中国画与新时代关系”的艰苦探索，这个探索的成果同样也在 1961 年 10 月，以“西安美协中国画研究室习作展”的形式，在北京中国美术馆展出并引起轰动，并由

君子之风四条屏

136cm×32cm×4

此产生了一个对现代绘画史具有重要影响的画派“长安画派”。在现代绘画史上，“长安画派”以西北的自然、风物、人情为载体，将革命时代的现实主义特征与艺术家的人生理想，将西北荒凉峻拔的自然景观与丰富的人文风情转换为一种审美上的崇高与磅礴大气，表达了一种西部情结和黄土高原的文化积淀与当代情怀。

“新金陵画派”“长安画派”是新时代社会文化发展和选择的必然结果，是国画家们向新时代交的一份集体答卷。它比较系统地回答了如何具体解决传统艺术形式时代化这一重大而艰难的课题，而其中的核心则是以现实主义精神与表现展开的对“旧国画”的改造与革新，从理论和实践两个方面提供了经验。它在对社会主义革命内容与时代风格的探索、对中国画的文化精神与民族绘画语言的探索、对崭新绘画题材的发掘与开拓和对中国画传统笔墨形式的现代转换的探索等方面，都走在了时代的前列。是1949年后表现社会主义革命内容与民族气魄、传统特色有机结合，创造新时代精神风貌的新“中国画”的重要流派，成为新时代中国画的代表。这在傅抱石与石鲁的作品中体现得尤为突出，郁风在《看“山河新貌”画展随记》一文中写道：“傅抱石的画，一贯是笔、色、墨、皴、染，浑然一体，粗中有细，虚中有实。《待细把江山图画》和《西陵峡》应为他这一时期挥洒自如的代表作。”[9]《待细把江山图画》是一幅真实再现华山的作品，作者以其生动泼辣的“抱石皴”，巧妙运用空白，表现了山顶间缥缈不定的云彩和山脚平缓坡地，一敧一缓，衬托出了华山“高耸云端、壁立千仞、奇峭无伦”的“伟丈夫”气概，充满了时代的气质与气息。这种极具革命情怀的现实主义与浪漫主义相结合的大构架在傅抱石、关山月合作的同时期的另一幅代表作《江山如此多娇》中亦有体现。无怪乎郭沫若在观看了“山河新貌”展后题诗赞之“真中有画画中真，笔底风云倍如神。西北东南游历过，山河新貌貌如新”。石鲁的艺术创作前后期呈现出完全不同的面貌，以1965年为界，此前作为其早期艺术创作，呈现出英雄主义气质的“叙事”模式和以豪迈为基调的“抒情”模式两种现实主义面貌。石鲁早期绘画艺术创作的现实主义风格，是一种在革命浪漫主义英雄观的主导下，以写实主义的表现手法，对更为新颖的形式的探索。在石鲁看来“新与美，不仅存在于理想，而且首先生根于现实之中”，“革命浪漫主义的理想与激情，在艺术创作中具有主导作用，但这决非抛开现实于不顾，而想入非非。只有对于现实的发展规律具有本质的认识，然后才可能站在更高的境地去概括现实的具体性”。[10]在创作革命历史题材绘画《转战陕北》（1959年）时，石鲁有意避开对领袖人物的直白的正面描写，而是巧妙地运用了“藏”与“露”的艺术处理手法，画中毛主席侧身伫立于苍茫的陕北高原，高瞻远瞩，身旁虽仅现一二人马，然而气势却如千军万马一般宏阔，尤其是革命领袖侧背影的描绘，使得画面的整体感极强，阳光下赤红色大背景山崖的烘托，将人物与自然融为一体，大大强化了人的精神力量，拓展了现实主义的精神容量。

20世纪60年代中后期的美术创作，呈现出了较强的时代特点，与“十七年”美术不同的是，中国画的创作除了在题材选择上更具“革命性”的变化外，在绘画自身语言方面，如场景、人物的塑造上，更偏爱于写实造型的工农兵形象，民族审美的塑造，并使之具有舞台化、夸张化、情节化的效果，尤其是色彩处理上，更加追求明亮基调，形成“红”“光”“亮”的艺术效果，构成了此期中国画的基本形态。如《延安儿女心向毛主席》（陕西

【9】郁风：《看“山河新貌”画展随记》，载《美术》，1961第4期。

【10】石鲁：《新与美》，载《思想战线》，1959第12期。

白羽

68cm×46cm

簾外幽梦好

68cm×68cm

创作组，参加 1973 年全国美展）、《申请入党》（梁岩，参加 1973 年全国美展）、欧洋《新课堂》（参加 1974 年全国美展）等，都是严格遵循现实主义的创作方法，一些作品"在画面布局上、人物造型上都与写实油画没有区别，只不过保留了对线及渲染法的运用"，甚至把阳光带进了人物画创作中，一度还掀起了"逆光"热，越来越注重细腻的再现，画面中人物的色彩也越来越光滑红润。山水画则强调对宏大场面的描绘，强调在俯视的视角下结合使用移动视点，按照真实的视觉感受处理画面的空间层次，如《绿色长城》（关山月，参加 1973 年全国美展）、《太湖新歌》（林曦明，参加 1974 年全国美展）等。

如果说，"文化大革命"十年的美术创作是带有明显印痕的特定历史时期的"现实主义"面貌的话，那么，历史进入 20 世纪 80 年代，美术创作则伴随着真理标准的讨论，随着破除迷信、解放思想而开始对西方艺术展开一个新的思考、探索并最终回归其本身，具有很强的"伤痕"与"反思"的特征。各种对扭曲年代的批判，对失去的价值的追寻，对理论的争辩，使整个画坛为之兴奋。包括吴冠中对"绘画形式美""抽象美""内容与形式"关系的探讨，都引人深思，在今天看来，具有"新启蒙运动"的特征。[11] 1985 年 7 月李小山在《江苏画刊》上发表的《当代中国画之我见》，认为："中国画已到了穷途末日的时候"，引起了美术界极大的震动，这个行为就如 85 新潮美术本身一样，虽然极端，但却体现了"虚无主义是对专制文化的一种惩罚"，在当时的历史条件下是不可逃避的。而实际上，艺术并不会因为"末日审判官"的预言而停滞。这一时期，除了激进青年的新潮美术之外，还有许多艺术家不同方向的探索性艺术存在，如油画中的"新古典"写实画派，中国画对中西融合的探索等，特别是对现实主义艺术的坚守，仍然是艺术家们关注社会、揭露问题、实现人文关怀的最有效的创作方法和手段，并不会因为形形色色的现代主义方法而过时，产生了一批有影响力的作品，如油画《父亲》（罗中立，1980 年）、《西藏组画》（陈丹青，1980 年）、《春风已经苏醒》（何多苓，1981 年）、中国画《人民和总理》（周思聪，1979 年）、《太行铁壁》（王迎春、杨力舟，第六届全国美展金奖，1984 年）、《魂系马嵬》（何家英，第七届全国美展银奖和新人奖，1989 年）、《玫瑰色记忆》（邢庆仁，第七届全国美展金奖，1989 年）等，这些作品既受到 20 世纪五六十年代以来现实主义关注生活传统的影响，同时又有对外部世界强烈探索的渴望，在主题创作上有很大的突破，或具有强烈的现实批判与反思意识，或表现出对底层人民最悲悯的人文关怀精神，或表现出对逝去岁月的忧郁，或具有浓重的乡土写实主义色彩，通过对悲剧式的场景或情节的描绘，表达了对民族历史过往的"悲剧"以及对那些粉饰生活真实的假现实主义的态度，为后来的艺术发展探索了道路。

作为此一时期现实主义中国画创作的代表画家，周思聪在其《人民和总理》《清洁工人的怀念》等一系列作品中，以独特细腻的视角选取平常题材，把领袖人物放在真实的生活场景中，细腻地刻画出周总理与民众水乳交融的关系，并以极富感染力的笔墨，将现代写实的造型手段和传统文化审美价值化为一体，"扬弃了徐悲鸿学派重素描形似而轻笔墨韵味的毛病"，继承并发扬了徐悲鸿"重写生、关心人生和民族命运"[12]的现实主义精神，

【11】杨力、孔新苗：《20 世纪中国美术中的国家形象》，载《美术研究》，2012 第 1 期。

【12】周思聪：《艺术想法》，载华天雪：《周思聪》，河北教育出版社，2002：63。

在河之洲
歲次丁酉屈健長安

在河之洲

38cm×68cm

显示出了她的与众不同之处。这一时期，现实主义的表现手法已显露出多样化的探索，王迎春、杨力舟创作的《太行铁壁》即是其一，在这幅作品中，作者一改传统人物画对“写生”原型的依赖，转向于从山水画的笔法中寻找灵感，以颇具现代性、抽象性的几何构成，纵横交错的直线、块面塑造了彭德怀元帅与太行人民并肩战斗的场景，探索了从“画山如人”到“画人如山”的现代转化，呈现出崭新的视觉图式。

20世纪90年代后，随着经济文化的全球化进程，现实主义中国画创作呈现出更加多元化的表达方式。对现实主义传统创作定义的细节的真实性、具体描写的客观性，形象的典型性等提出了新思考、新探索的要求。艺术家们不再单纯强调“如实描写”或“按照生活本来的样式来描写生活”，而是较多地借鉴中外艺术新的表现形式，在现实主义主题下，较多地强化了语言的表现性，呈现出“由单纯的风格史转换为风格史与社会史相结合”，和中国画本身“在现代和西方观念的影响下确立的一些新的造型方式”[13]，表达出现实主义中国画创作在视觉图像日益丰富与审美价值取向渐趋多元化的今天，画家更在意于画面语言丰富性的表述，以及随之呼之欲出的建立个人化语言的要求。这在最近几届的全国美展中国画作品中得以体现，如第十届全国美展金奖作品，何晓云的《嫩绿轻红》、袁武的《抗联组画》；第十一届全国美展金奖作品，孙震生的《回信》、苗再新的《雪狼突击队》；第十二届全国金奖作品，陈治、武欣的《儿女情长》及参展作品毛冬华《重塑》、焦永峰《活着之觅食》等，这些作品虽然不离生活，不离现实主义的基调，但却以其崭新多样化面貌给人以新的启示。

如果说孙震生的《回信》、苗再新的《雪狼突击队》、陈治、武欣的《儿女情长》仍然忠实于现实主义传统中最普遍的要求，对真实性、典型性、客观性进行了不遗余力的传承和表现的话，那么何晓云的《嫩绿轻红》、袁武的《抗联组画》、毛冬华《重塑》、姜永安《伤逝的肖像·中国慰安妇》、焦永峰《活着之觅食》则选择了一种更具“开放性”的现实主义表述方式。这是因为现实主义艺术的内在规定性不仅仅体现在题材、技法、审美意识等诸多方面，而且还体现在表现语言的选择上，离不开中国当代的大文化背景和对传统文化精神的当代诠释，也就是说，现实主义，不仅仅涉及艺术和政治的宏观层面，更与当代氛围下有关“个体”和“群体”的文化内涵息息相关。“主体意识”的觉醒，是当代现实主义创作中必须面对的问题。唯有如此，才能更加真实、直观、典型性地反映现实生活。如《嫩绿轻红》中对虚空的巧妙运用，增加了画面动感与都市感；《抗联组画》《伤逝的肖像·中国慰安妇》对人物形体的夸张化处理，发挥了中国画笔墨的书写特性和对过往历史刻骨铭心的记忆；而《重塑》《活着之觅食》两幅作品中对都市文化瞬间的记录与对生存环境的关注，在一定程度上体现了当代青年画家观察力的敏锐。正如毛冬华在讲述创作《重塑》情景时，认为“有义务责任把这个城市变化中的瞬间记录下来”，借助画面虚和实的对话，“表达它对传统的一种敬意，也希望中国画这个古老的传统能够走向当代”。[14]

总之，20世纪现实主义中国画创作正如20世纪其他文学艺术门类一样，始终作为主流的艺术表现形态存在，这一点是不容否认的。21世纪近二十年来，随着全球一体化的进程与文化传播方式的转变，特别是近年来互联网技术和新媒体改变了文艺形态，也带来了文艺观念和文艺创作实践的深刻变化，艺术呈现出多元发展、包容共存的态势已是必然，但人民对现实主义精品力作的期望没有改变，优秀作品引领时代审美文化前沿的作用没有改变，这就对现实主义中国画表现的“开放性”提出了要求，“诗文随世运、无日不趋新”，如何在传统视域下现实主义的基本理念上，把握着当下生活的特质和艺术创作的形态，进行系统的自我调适和创新，用现实主义精神和浪漫主义情怀观照现实生活，使之更加服务于社会、人民，服务于艺术创造的需要是值得每一位艺术理论评论工作者深刻思考的问题。

（本文为陕西省“百名青年文学艺术家”扶持计划，陕西省高校“人文社科青年英才”支持计划支持项目阶段性成果。曾发表于《中国文艺评论》，2016年第11期）

【13】邹建林：《民族国家视角的现代性叙事：20世纪中国美术史的写作问题》，载《文艺研究》，2013年第2期。

【14】《青年·境界艺术展》，载《星文化》，2015年12月7日。

平生不敢轻言语

180cm×96cm

荷葉五寸荷花嬌貼波不礙畫船搖
相到薰風四五月也能遮却美人腰
錄石濤荷花詩一首 丁酉居健長安

荷叶五寸荷花娇

68cm×136cm

逆风

46cm×68cm

“假定性”指中国画艺术再现生活的方式里形象同反映的客体的不相符，“真实性”则指在观众中造成的效果。例如，齐白石的《蝌蚪荷影图》，虽然荷花倒影并非客观世界的真实反映，但观众却乐于接受它。因而，艺术比起社会生活来，无论在时间上或空间上都只是局部的、片面的、幻象的。“假定性”是有局限的，它对艺术的真实性有双重意义，否定了“假定性”，也就意味抽掉了艺术真实性的表现手法。依靠“假定性”又受到艺术真实反映社会生活的制约。由多种因素构成的中国画意象，不仅是一个可以直观的、生动的、具有真实感的生活图景在画幅上的显现，而且艺术诸要素要通过意象体现出来的艺术美来表现它的本质。

（摘自屈健《论中国画意象生成的形式要素》）

春消息

46cm×68cm

所谓中国画意象的生成，是建立在中国特殊哲学背景和民族文化心理结构基础上的一种独特的东方艺术美学。换句话说，来自于传统文化与哲学观念中的中庸之道、玄的心灵状态、天人合一、似与不似等观念早已超越中国画表现手段的表象层面，而潜入中国画意象构成要素的深层——即所谓的“笔墨”中。龚半千说：“画以气韵为上，笔墨次之，丘壑又次之。笔墨相得则气韵生，笔墨无通则丘壑其奈何？……笔有笔法，墨有墨气。一笔得则俱得，一笔不是则满纸皆败絮……”（龚贤《自藏山水图轴》）董其昌亦说过：盖有笔无墨者，见落笔蹊径而少自然；有墨无笔者，去斧凿痕而多变态（董其昌《画旨》）。因此，审美对象是在不断生成，不断流变的方式中被主体的意识所悟得。

（摘自屈健《论中国画意象生成的形式要素》）

已見寒梅發忽聞鳥啼聲
心心視春草畏向玉階生
錄王摩詰雜咏二首
歲次戊子春月 屈健

又见寒梅发　忽闻鸟啼声

68cm×136cm

论石鲁早期绘画创作现实主义风格的两种模式

摘　要

从绘画的语言风格与形式特征分析，石鲁的绘画艺术创作，基本可以分为四个阶段、两个时期。石鲁早期绘画艺术创作的现实主义风格，呈现出革命英雄主义气质的“叙事”模式和以豪迈为基调的“抒情”模式两种面貌。其中“叙事”模式的现实主义风格尤以第二阶段最为典型。它是一种在革命浪漫主义英雄观的主导下的写实主义表现手法，现实主义风格是它的形式语言与外在表现方式，而对革命浪漫主义理想的追寻，才使得他的作品在本质上具备了更为宏阔的视野、更为热烈的感情和更为新颖的形式。“抒情”模式的现实主义风格则主要表现在第三阶段。它在时间与空间的表现上，呈现出有异于“叙事”模式写实传统的叙述结构和特质，在“情节”的处理上已有了新的突破。对“典型事件”描述的淡化和对艺术本体精神理想的张扬，表现性因素的增加，大大地强化了作品的人格力量，使其精神容量远远超乎了再现性艺术的表现力。

关键词

石鲁　早期绘画　现实主义　“叙事”模式　“抒情”模式

石鲁是一位极具创新精神的艺术家。在他早期绘画艺术创作中，以对革命英雄主义与浪漫主义情怀的追寻为特质的艺术气质，始终交织于其现实主义的创作方法中，构成了他艺术创作风格的基本特色。

对于 20 世纪后半叶的中国美术史来说，石鲁以其鲜明的个性张力与强烈的艺术风骨，备受人们的争议与关注。在其 63 年短暂的艺术人生中，他以自己全部的热情与生命为代价，实现了他对革命理想的执着追求和对艺术创新的艰苦探索。他的人生横跨了两个时代命运发生着巨大变化的时期，从一个对封建旧家庭的叛逆者、一个以美术为武器的革命战士、一个新的绘画风格最重要的开拓者之一，最终升华为一个与现实命运展开殊死抗争的艺术殉道者，从而成为 20 世纪命运最坎坷、最具传奇色彩的艺术家之一。他的作品奇崛雄伟，甚而峥嵘神秘，是“野、怪、乱、黑”的代表。然而，考察石鲁早期的绘画艺术创作，却不难发现其作品中所贯穿着的革命英雄主义的气质和现实主义的风格特点，很

秋声入耳凉

68cm×46cm

冻蕊香凝色艳新

136cm×68cm

值得人们做深入的探讨和研究。

现实主义是一个近代意义上的美学范畴，在西方，现实主义一般有两个含义：①指艺术的创作方法；②指造型的写实手法。因此，在理论概念上与“浪漫主义”相对应。

石鲁早期绘画创作现实主义风格的形成既有时代的原因，也有个人精神气质的原因，它可以说是特定历史阶段艺术发展的必然。虽然他的创作前后期风格面貌差别极大，看似突然，然而却是符合历史内在逻辑规律的。

在20世纪中国美术的现代进程中，现实主义作为造型艺术的一种风格类型、表现手法，被赋予了特殊的内涵。“新中国成立后‘十七年’倡导的社会主义现实主义将描写工农兵英雄作为‘头等重要大事’和‘首要任务’，或者1957年后的‘两结合’文艺主潮把塑造无产阶级英雄典型作为‘根本任务’，都是将‘英雄典型’作为无产阶级革命文艺的重要美学范畴。”[1]

石鲁是在革命年代成长起来的知识分子，在内心深处他对党和人民、对哺育他成长的陕甘宁革命根据地和新中国的社会主义建设大潮充满激情和强烈的创作冲动。从20世纪50年代开始，他多次深入生活，在陕、甘、青的藏区、建筑工地，画了许多写生，为创作积累了丰富的素材。“从全国解放直到‘文化大革命’前，他的生活道路、思想和艺术主张，又是和党、国家举步的节拍相一致。”[2]画家对发掘和表现现实生活美的主动性，正是他的思想与时代精神协调一致的反映，也是他早期绘画艺术创作现实主义风格的源动力。

从艺术的语言风格与形式特征分析，石鲁的绘画创作，基本可以分为四个阶段，两个时期：

（1）从延安鲁艺到1949年初。这一阶段石鲁的艺术创作主要以主题性的版画为主。主要作品有《群英会》《民主批评会》《妯娌纺线》《胡匪劫后》《说理》《打倒封建》等。

（2）1950—1959年。这一阶段，石鲁的艺术创作逐步从艺术普及转向艺术提高，正式开始了他的中国画创作的艺术生涯，并且逐步形成了他艺术创作中极具英雄主义气质的“叙事模式”的高潮——其创作风格表现为“叙事性”的现实主义特征，绘画题材主要以人物画为主，山水画次之，画面四处洋溢着热烈的气氛和革命的乐观情怀。代表作有《王同志来了》《古长城外》《高山放牧》《延安故居》《击鼓夜战》《转战陕北》等。

（3）1960—1964年。这一阶段是石鲁绘画艺术的转变期，石鲁完成了从思想上到笔墨技巧上的进一步升华，创作题材非常广泛，但已开始偏重山水画的探索，创作出了《禹门逆流》《南泥湾途中》《东方欲晓》《赤崖映碧流》《家家都在花丛中》《深山蓬居》《秦岭山麓》《种瓜得瓜》《叉麦人》《雨后》《拉麦大车》等山水、人物画作品，这一时期他已开始由专注“外化”的自然转向专注“内化”的心灵，对传统笔墨的改造、提炼与吸收和创作“抒情”意识的强化，显现了画家骨子里诗人般的浪漫气质。

（4）1965年后到石鲁逝世。这一阶段由于时代与石鲁个人命运的巨大落差，他的艺术转向神秘而狂放的风格，且有强烈的现实批判性，画面极具反叛与挑战意味。绘画题材范围变小，逐步转向以文人花鸟山水画为主，代表作品有《美典神》《印度神王》《虎猫镇宅图》《龟蛇图》《苍苍白月挂高松》《月下华山》《荷雨不似一田春》《不是榻花是梅花》等。

从石鲁艺术的思想倾向上讲，第一阶段与第二、第三阶段在主题的把握上并没有本质的区别，都是以对时代精神的肯定和对革命激情的颂扬为特色，且选择了现实主义风格和写实的表现手法，具有相当程度的一致性，所以基本可以归为一个时期，是为

【1】朱德发：《革命现实主义文学“英雄理念”的反思与阐释》，载《烟台大学学报》，2005年第1期。

【2】郎绍君：《夭折的巨匠：石鲁》，载程征主编：《长安中国画坛论集》，陕西人民美术出版社，1997：200。

石鲁艺术创作的早期。此后则为石鲁艺术创作的后期。

石鲁早期绘画艺术创作的现实主义风格，呈现出英雄主义气质的“叙事”模式和以豪迈为基调的“抒情”模式两种面貌。其分水岭当以20世纪50年代末革命历史画《转战陕北》的完成为界。在石鲁绘画艺术创作早期的三个阶段中，英雄主义气质的“叙事”模式的现实主义风格尤以第二阶段最为典型。而以豪迈为基本基调的“抒情”模式的现实主义风格则主要表现在第三阶段。

石鲁早期绘画艺术创作现实主义风格的“叙事”模式，是一种在革命浪漫主义英雄观的主导下的写实主义表现手法。在这里，现实主义风格是它的形式语言与外在表现方式，而浪漫主义，确切地说，对革命浪漫主义理想的追寻，才使得他的作品在本质上具备了更为宏阔的视野、更为热烈的感情和更为新颖的形式。写实主义表现手法的“英雄叙事”之所以必然反映一种革命浪漫主义英雄观，这是因为无产阶级革命要借用“新英雄”人物宣传革命理想、革命路线和革命策略。在石鲁看来：“新与美，不仅存在于理想，而且首先生根于现实之中，根本不需要什么虚伪的粉饰。只有本质最丑、灵魂腐朽、落后反动的东西，才需要虚伪的粉饰。所以，我们艺术创作的主要任务，是以维护新事物的成长壮大，歌颂人民的光明的前进的生活，表现新的共产主义的精神品质为根本目的的，艺术家对人民生活的爱愈深、愈热情、愈富有理想、思想愈新、艺术也就愈美。”“革命浪漫主义的理想与激情，在艺术创作中具有主导作用，但这决非抛开现实于不顾，而想入非非。只有对现实的发展规律具有本质的认识，然后才可能站在更高的境地去概括现实的具体性。”【3】

石鲁的早期版画《群英会》（1946年），表现的是毛主席在大生产运动时与劳动模范交谈的场景，画面对主席的形象刻画并没有刻意突出，而是将这位画家眼中的人民英雄置身于群众中间，显得非常亲切、朴实，甚至有点普通，使画面的情节铺叙更为舒畅，更具有叙事的性质——与其说它是一幅主题性创作，倒不如说是画家在用刀笔讲述一个故事，是那样娓娓动听，自然而然，以致连画中那些听讲的群众也浑然忘记了他们所处的环境。这幅早期的版画创作，虽然在刀法和人物造型上还显稚嫩，然而却达到了很强的艺术感染力。“据他自己回忆，以毛泽东为题材入版画，《群英会》是边区的第一幅。”【4】在另外一幅重要的反映现实生活的作品《古长城外》中（1954年），我们能够明显地看到一种作为叙事性的铺陈方式的强化。强调客观的真实描绘，具体对

【3】石鲁：《新与美》，载《思想战线》，1959年第12期。

【4】石丹：《中国名画家全集——石鲁》，河北教育出版社，2003。

南圃所见

68cm×46cm

梅君图

68cm×46cm

象的形象刻画细致入微，画面形式的编排非常注重情节的延伸性，给人以时空的真实感……此时，革命的现实主义，以写实手法“再现典型环境中的典型人物”已成为社会主义现实主义美术创作理论的基本核心。《古长城外》的构思正是来源于画家丰富的生活积累，虽然在表现技法上还未脱尽西洋画的影子，但他把“典型环境中的典型人物”的心理活动把握得恰到好处。1950—1954年，石鲁多次深入青海藏区、陕南、陕北、宝成铁路、兰新铁路，他以极大的热情和建设者们同吃、同住。生活的积累虽然已经很丰富了，但却有很多感触一直找不到一个恰当的表现方式。一次，在西行的列车上，他蓦然间从车窗看见火车穿过古长城，于是一个构思扑面而来。《古长城外》描绘了兰新铁路穿越古长城，给静寂的雪山草原和藏族牧民带来的惊喜。画面构图分为远、中、近三个层次，远景是连绵起伏的雪山峰峦，画面中部一条铁路横穿蜿蜒的古长城，延伸到画面深处，从近景中羊群的奔跑以及四位不同年龄的人物或惊诧或欣喜的动作和表情中，仿佛能够体验到藏族同胞第一次看到火车时心灵的震撼。尽管对这幅画石鲁本人并不满意，称它为“先天不足的第一胎”，但是在探索中国画形式的创新和对旧传统革新精神方面应该肯定。尤其值得一提的是在这幅画中所洋溢的时代英雄气息和人类改造自然的豪情，这种无法抑制的对新时代新生活“典型事件”的“真实”描绘暗示了对创造性新时代的英雄们的由衷赞美之情，这种叙事性的情境营造方式在石鲁同时期的许多作品如《巡山放哨》（1950年）、《变工队》（1950年）、《劈山开渠》（1956年）、《击鼓夜战》（1959年）中都有充分的表现。不论是《幸福婚姻》（1952年）中行进着的新娘欢喜中的羞涩，还是《王同志来了》（1953年）中藏族同胞热情的招呼，抑或在多幅画面中反复出现的撒欢的羊群以及狗、牛、马等形象，都体现出了石鲁早期绘画作品的叙事性、情节性和现实主义的风格特质。

在表现形式与技法的选择和运用上，石鲁50年代的中国画作品，与同时代的其他表现现实题材的中国画作品一样，受到当时流行的“彩墨画”技法的影响，中国画的笔墨加西洋画的明暗关系，也是其早期绘画第二阶段的一个显著特征。但石鲁在艺术形式审美取向上的觉悟却要比同时代的许多画家更敏锐、更自觉。1955年、1956年石鲁对印度、埃及的出访，使得他有机会看到同样作为世界文明发源地的印度、埃及民族艺术精神的发扬和多种民族艺术形式的独特魅力，也促使了他对中国传统文化和艺术的反思，并产生了新的认识。这从石鲁在埃及参加“亚非国家艺术展览会”时的发言中就能够看出，“艺术形式的美，主要是在于一个民族的人民在精神生活上崇高的、向上的、健康的心理体现。因此，我们在艺术形式的发展上，首先是把自己看作民族传统形式的继承者和发扬者。如果艺术形式一旦失去民族形式的特征，也就减弱了它表现民族生活的能力，也就减弱了人民对它的喜爱和欢迎”[5]。从石鲁在出访期间所画的数十幅写生作品中，我们可以看到的不仅是他用中国画形式对异国风情的准确捕捉，更重要的是此间他运用传统笔墨力度的加强。如以《古长城外》（1954年）和《戴红头巾的赶车人》（1955年）两幅作品相比较，可以明显看出，后者比前者在表现手法上轻松了许多，尤其是后者人物头巾、面部和作为陪衬的马车的塑造和前者相比，更注重水墨“写”的意味，使他的作品看上去既不是眼睛所看到的现实表象的再现，也不是日常生活的表现，而是真正的现实和真正的生活的表现，具有了更符合民族文化传统、更真切的艺术的真实。在此后的一系列作品如《写于卢克索》（1956年）、《埃及人》（1956年）、《守卫者》（1956年）、《高山放牧》（1957年）、《延安故居》（1958年）、《忆写延安大生产中一角》（1958年）中，这种对传统“笔墨”的探索和追寻的倾向不断加强，画面中西洋画倾向和情节化倾向也逐步地弱化了。

【5】石鲁：《关于艺术形式问题》，载《美术通讯》，1956年第5期。

《转战陕北》的完成，是石鲁早期绘画艺术由现实主义的“叙事”模式转向“抒情”模式的重要分界线。石鲁是一位善于思考的艺术家，在20世纪50年代中期后，他对民族的艺术形式和民族传统文化进行了深入的思考和研究，一方面潜心钻研历代书画家的作品，认真临摹古画、书法；另一方面博览群书，精读了许多古典美学理论著作，“他通过对民族文化与传统艺术的再研究，批驳了‘中国画不科学’的论点，认定了民族艺术的综合特征，形而上的美学特征，孜孜于研究规律和方法，努力创立自己的新的艺术程式”[6]。20世纪60年代初，石鲁提出“以神造型”“以神变形”论，突破了自顾恺之以来中国画论对于形神关系的认识，在对待艺术创作的主客观关系，继承与创新的关系，以及在对传统笔墨意蕴价值的认识上比之以前更加清醒，“巧妙地融会了马克思主义的唯物辩证法思想及20世纪中国绘画思想”，“又结合自己的艺术实践而逐渐成熟起来一种具有现代方法论意义的新成果”。[7]他将革命浪漫主义与革命现实主义相结合的精神视为“继古开今、创作批判”的纲领，提出“一手伸向传统，一手伸向生活”的口号，以更加宏阔的胸怀放眼艺术的创新与发展，以更加豪迈的笔触表现时代的精神和黄土高原的内蕴美质。

在创作革命历史题材绘画《转战陕北》（1959年）时，石鲁有意避开对领袖人物的直白的正面描写，而是巧妙地运用了“藏”与“露”的艺术处理手法，画中毛主席侧身伫立于高耸的山崖顶端，高瞻远瞩，身旁虽仅现一二人马，然而气势却如千军万马一般宏阔，尤其是革命领袖侧背影的描绘，使得画面的整体感极强，“避免了谨小失大，也从文化根性上顺应了中国艺术发展的趋势——画意不画形”[8]。阳光下赤红色大背景山崖的烘托，将人物与自然融为一体，大大地强化了人的精神力量。突破了以情节性为基本特点的“叙事”的绘画模式，具有了一种史诗般的震撼力，其抒情性和精神容量远远超乎了再现性艺术的表现力。

《东方欲晓》是另一幅显示出石鲁高超构思立意的抒情味十足的作品，画面虽然没有直接描写人物，但间接的暗示手法的运用，使观众获得的艺术效果不但没有丝毫减弱，反而更强更深了。这一时期，石鲁的绘画创作题材广泛，画面结构已完全摆脱了50年代作品中改天换地式的场景描绘，而进入了一个以豪放为基本格

【6】刘曦林：《石鲁的旅程与艺术风神》，载《国画家》，1994年第4期。

【7】刘星：《传统精神的守护与超越——石鲁绘画思想研究》，南京艺术学院博士论文打印稿，2004年。

【8】张渝：《气韵对气势》，载《书屋》，2003年第9期。

初晴

68cm×46cm

陶渊明在《饮酒二十首》之四中写道："采菊东篱下，悠然见南山；山气日夕佳，飞鸟相与还。此中有真意，欲辨已忘言。"在中国画意象生成的过程中，意象、程式、笔墨等诸要素还只是艺术审美中的形式要素，是"言"、是"象"，艺术的形式要素只有恰当、准确、充分、完善地表达它所承载的内容的本质，使欣赏者不被形式本身所迷惑时，才真正地实现了自身的价值。

（摘自屈健《论中国画意象生成的形式要素》）

新雨

46cm×46cm

幽谷那堪更北枝

68cm×68cm

调，以抒情为基本特色，以含蓄为基本构思手法，追求“天人合一”，以情传神的境界。石鲁认为：“寡于情者，难于言思。”[9]“作画归于情。情者，感受生活与艺术之门户交通也。”“情之所至，金石为开，情之所钟，可以惊天地而动鬼神。”[10]“刻意求生活，生活则不活；以情求生活，生活即活。”[11]长期的革命生活经历，以及对陕北黄土高原的深厚感情，不但为石鲁提供了艺术创作的源泉，思想的燃料，更加历练了石鲁的人格与灵魂。在60年代，石鲁更多地选择了以山水为母题的更富诗意的表现方式。《南泥湾途中》《高原放牧》《赤崖映碧流》《秋收》《麦浪》《山居小景》等一系列山水画佳作的问世，成为石鲁现实主义风格中的“抒情”性艺术创作的典型。这些作品在时间与空间的表现上，呈现出有异于写实传统的“叙事”结构和特质，在“情节”的处理上已有了新的突破，对“典型事件”描述的淡化和对艺术本体精神理想的张扬，以及表现技巧上大量水分的运用，墨色与朱砂的交融，使得画面气势饱满而又多了几许概括性、随意性和浪漫意味，开辟了石鲁绘画艺术的一个新视角。

从审美的高度对陕北黄土高原绘画题材的发掘，使石鲁绘画的抒情性寻找到了适合自己个性气质的最佳切入点。对黄土高原山水母题的表现，是他对自己以及中国山水画史上存在过的绘画流派的一次超越。在历代中国山水画大师们的笔下，既不乏名山大川、峻岭层峦，也不乏小桥流水、亭台林壑，而贫瘠荒凉的陕北黄土高原却从未进入画家的视野，革命和战争生活的经历，使石鲁对陕北高原和延安有着深厚的感情和深沉的眷恋，他早期绘画中大量的表现黄土高原和延安的作品，无不质朴厚重，情真意切。石鲁认为：“不能设想一个在革命的艰苦环境中未曾经过任何实践的人，更懂得陕北黄土高原朴质而雄浑的美。经过相当体验的人，总是一往情深。”[12]“我的作品到底该是什么，总是要按照内容和自己的审美兴趣、个性要求，来创造一种恰当的表现形式。”“为了适合自己的全部感情，就会追求一种全新的形式。”[13]这种全新的形式是对特定表现内容的创造性表达，在前人的艺术创作中从来就没有什么现成的例子可以借鉴，而石鲁却“总是依据对象不同，意境不同，感受不同，而用笔用墨用色不同，手法灵活多变，将黄土高原的共性寓于个性之中”[14]。在石鲁早期的绘画作品中，生活之情和艺术之情达到了高度的和谐和统一，这和他后期作品中不时表现出的理想与现实世界的矛盾冲突是完全不同的。他从客观现实和革命生活经验中获得的独特的抒情方式，终使自己的个人情感和理想得到升华并转化为特殊的图景——其主流是一种极其辉煌的、豪情万丈的、追求“崇高”境界的现代山水人物画模式，使他的作品具有特定意义的“历史的特征”。从《南泥湾途中》（1961年）雄伟茂密、荆棘满布的野山和山间小路上行进的拓荒者的强烈对比，《赤崖映碧流》（1961年）中赤岩与碧水的夸张，以及《秋收》（1961年）、《叉麦人》（1963年）、《东渡》（1964年）等作品中所表现的力量感可以明显地感觉到“人定胜天”般的豪迈、雄伟与深沉。

与他以往豪迈刚健的风格不同的是，这一时期石鲁还创作了一批颇具特色的水墨小品，这些作品无论从构思立意的选择还是笔墨的表现都更加突出了抒情的意味，显现出石鲁艺术气质中独特的诗人气质——如果说这种表现是一种诗意的表现的话，那么

【9】石鲁：《生活·艺术散记·石鲁札记》，载石丹主编：《中国名画家全集——石鲁》，河北教育出版社，2003：195。

【10】石鲁：《谈感受·石鲁札记》，载石丹主编：《中国名画家全集——石鲁》，河北教育出版社，2003：192。

【11】石鲁：《学画录》，陕西人民美术出版社，1985：186。

【12】石鲁：《生活·艺术散记·石鲁札记》，载石丹主编：《中国名画家全集——石鲁》，河北教育出版社，2003：85-86。

【13】石鲁：载《新情新意——在北京“西安美协中国画研究实习作展”座谈会上的发言》，载《美术》，1961年第6期。又载石丹主编：《中国名画家全集——石鲁》，河北教育出版社，2003：88。

【14】石丹：《中国名画家全集——石鲁》，河北教育出版社，2003。

从石鲁《深山蓬居》（1961年）、《雨后》（1961年）、《雨中所见》（1963年）中点点滴滴的水与墨淋漓的融会，《拉麦大车》（1961年）中线条与墨块组合的韵律，《逢场作戏》（1962年）、《癸卯夏日》（1963年）中人物造型的高度简化与概括，《归林图》（1962年）中枯木、屋舍、昏鸦的交织等画面中所展现的笔势柔韧而缠绵的朦胧的美，可以看出某些从本质上讲更近于艺术审美范畴中的“优美”的特色，而不是他笔下惯常所表现出的豪迈宏伟的“壮美”特色，从而在美感的体味上多了一些轻松、自由和心旷神怡的愉悦，极大地丰富了石鲁绘画艺术的形式表现和审美内涵。

在石鲁早期绘画艺术中，“叙事”性和“抒情”性的表现手法经常是互相交织、相互融会在一起的，有时候并不容易断然分开，但是有一点是肯定的，那就是“他注入作品中的情感一点也不离开具体的描绘对象”，他“追求的是诗意的再现，还不是表现的诗意”，[15]因而，从艺术风格学的意义上看，是归属于现实主义的，并且成为构成了石鲁早期绘画艺术创作现实主义风格的两维。

石鲁的早期绘画艺术创作，尤其在20世纪50—60年代，从三个方面继承和发展了中国艺术的现实主义传统。其一，他推进了新“中国画”对于陕北高原自然美与黄土魂魄的发掘，在他之前，还没有一位画家能够如此成功地用画笔表现陕北高原的壮阔与雄伟。其二，他推进了新“中国画”对时代精神的表现，他早期现实主义风格的绘画是画家内心世界对革命年代和新时代生活由衷的赞美。同时，石鲁又是一位极具革新品质的画家，他有意识地从中国古典艺术中汲取养分，予以现代化改造，铸造自己作品的中国风格；他的绘画具有雄伟磅礴的抒情方式，将一个新时代革命浪漫主义的价值理想熔铸到现实主义风格的艺术创作中，在新中国绘画的发展史上留下了重重的一笔。其三，他提出“一手伸向传统，一手伸向生活”的艺术主张，“试图在历史的文脉与现代的空间驾起一座可行的桥梁”。[16]使得西部地区一个因地域而得名的绘画流派——长安画派终于站在了时代的风口浪尖上，在“朝着社会主义革命内容与民族气派传统特色有机融合和创造新“中国画”的新境界新形式这个目标前进”[17]具有了更深更厚的文化根基。

（本文曾发表于《美术与设计》，2007年第1期）

【15】郎绍君：《夭折的巨匠：石鲁》，载程征主编：《长安中国画坛论集》，陕西人民美术出版社，1997。

【16】刘曦林：《石鲁的旅程与艺术风神》，载《中国近现代名家画集——石鲁》，人民美术出版社，1996。

【17】王宁宇：《论长安画派》，载程征主编：《长安中国画坛论集》，陕西人民美术出版社，1997。

紫蕊红绡

136cm×68cm

大吉祥

68cm×68cm

秋声入耳

68cm×46cm

中国画意象的生成不是诸方面构成要素的镜面式的直接反映，只有当它们成为审美对象时，通过欣赏者积极的精神活动，才能获得它的美感功能，这种功能是能动的反映，更是个复杂的动态过程，它灵活多变、闪烁不定。这是中国画意象观念从低级到高级，从浅显到深入，从外表及内质，从实用转向真正艺术表现的过程。在这过程中产生层出不穷、变化多端的变化美感。它带有极大的主观性和表现性，追求凝练深刻的具有韵律的形式美的目的，是为了在别有丰姿的意象变化中更好体现中国画的含蓄之美，感受中国画独特意象处理方式所引发的峰回路转的豁然开朗的内在美质。

（摘自屈健《论中国画意象生成的形式要素》）

屈健：只要你的心没有乱，你的世界就不会乱

《文化月末》专访

屈健教授是陕西省中青年花鸟画的代表画家之一，他在用画笔描绘自己的艺术世界的同时，也在潜心研究着国画理论，可谓集理论与实践于一身。近日，《文化月末》走进了屈健的艺术世界，听他畅谈对艺术基本元素的理解以及多年来的艺术创作感悟。

看过您的许多花鸟作品，觉得既有文人画的高雅和内涵，又有一般画的赏心悦目，我的感觉对吗？请您总结一下您作品的基本风格？

雅俗共赏其实是我的一个基本追求。过去一说到雅俗共赏，大家的理解似乎就是偏于大众化的那种面貌。其实，雅俗共赏也可以是唯美而儒雅的。从形式上来看，作品能够让大多数人理解，看起来美，不难懂，不故作高深。就像齐白石的画、白乐天的诗一样通俗但有品格。如果再融汇一定的思想深度和内涵，有了较高的笔墨韵味，可能雅的一面就会更突出一些，文人画就有这种特点。我个人就十分偏好文人画，很痴迷于文人的那种“文质彬彬，然后君子”的气质。当然，当代并不存在纯粹意义上的文人，文人是古代小农经济的产物。文人画的概念不管在当代怎么转化，其实也还是古代那种文人画的延续，是有一定的根和一定脉络的。把高雅的追求或者情怀转化成一种比较唯美的视觉形式，这就是我的艺术追求的一个重要方面。我不太愿意把自己的作品弄得很怪，我希望我的作品大多数人能看懂、能理解。当然也有一些画家的作品立意虽然很高，可能观众一时并不一定能看得懂。这就需要时间的沉淀，像石鲁、凡·高等都经历了这个过程。而有些画家的作品立意其实也不低，但是形式上却能让观众普遍接受，像张大千、徐悲鸿。这就是艺术的两个方面，对于每一个画家个体来说也只是个人的审美追求问题，并没有优劣好坏之分。

果熟

46cm×68cm

又是一年春风好

136cm×68cm

您能谈谈您的艺术之路吗？多年来的艺术创作，您最大的感悟又是什么呢？

我从西安美术学院国画系毕业，工作几年后再进国画系读研究生，后来又考入南京艺术学院攻读艺术理论的博士，我的求学之路基本上能反映出“综合性”这么一个特点。从我接触美术到现在已经有25年了，回过头来看，最大的心得就是庆幸没有丢掉文化底蕴对我的熏陶。我在不断读书、做研究的同时，一刻也没有放下画笔，不断在理论提升与实践创作中反思自己。我发现艺术本身就是个马拉松。你不需要在前100米、200米，一定要见出什么高低来。你要走得远，走得正，一定不能忽视传统文化在中国画中的作用。中国画实际上不是纯技术性的画种，而是偏于心灵的表现，偏于画家自己的感受，偏于对文化底蕴的一个综合性的表现。所以在中国画史上推崇以“诗书画印”的完美结合为代表的文人画、推崇高格调的文人画家，而不是一般的以技术为特点的画匠画工就不难理解了。另外，古人说的好：“读万卷书，行万里路”，我非常享受闲暇时阅读的乐趣，还在不断地满世界跑，竭力保持一颗纯粹的心。不管外面多么喧闹，关起画室门我就很清静。我想只有这样才能做得更好一些，走得更远一些。

有评论文章说，您游走在传统与现代之间，而更加注重汲取传统文化的优势，而不是像当代所流行的所谓“创新”，您为什么要这么做呢？

这也是我的一贯追求。中国人讲中庸之道，中庸实际上是古人总结的人生的智慧之术——不偏不倚，不走极端，既不过于激进，又不过于消沉，这样走得稳。我在艺术的追求上，实际上就是游离于传统与现代之间，我个人觉得我是潜心地学习传统，但是又不泥古。当然我也不舍弃现代的表现形式——包括我不少的工笔画的创作其实很有现代的一些形式感。

说到创新，这是一个很热闹但沉重的话题。我个人理解，其实艺术的真谛并不是你的个人面貌多么快地形成，那种想了一个月，第二个月就弄出来的个人面貌，意义并不大。举个例子，所谓个人面貌，或者特点，就和做饭一样，把辣子多放一些，不放盐，可能就很有特色，但是这个东西能不能被大多数人接受是个问题。我觉得在传统和现代之间汲取两者的优势，然后进行你自己的消化吸收，逐步就会形成个人风格的。个人风格并不是一蹴而就的，当你的阅历、修养以及技术达到一定程度以后，你不想出个人风格都很难。字如其人，画如其人，最终你的作品一定是你精神世界的反映。

在书画艺术被市场日益左右的情况下，您是如何看待这种现象的，又是如何坚守自己的创作理念的？

人生活在现实中而不是真空中，艺术如果能被大家欣赏，有人愿意付出一些代价用他的劳动换取你的劳动，这当然是好事情，是对艺术家的尊重。对于一个艺术家来讲，清贫不见得就是好的，但是如果一个艺术家成了金钱的奴隶，唯钱是论，那么这个艺术家的品相堪忧。我以为，面对喧嚣的市场和外面的花花世界，淡定最重要。古人讲：达则兼济天下，穷则独善其身。保持一个平稳的心态有利于养气、养生。心静了，你就不会因为今天吹东风、明天吹西风而丢了自己的主心骨。一个能够坚持自己的艺术理想的画家是赤子，是真正的艺术家。

作为一个美术理论大家，您一定对当代国画艺术有着自己的独特见解，您也在实践着您的理论，您能谈谈您对当下国画的希望吗？

我做理论最初主要是由于所处环境的要求，在大学里做教授，没有自己的理论建树那是不行的。我的理论研究主要有两个方向：一个是“长安画派”和当代陕西美术的研究，另一个是中国绘画美学的研究。对中国画的认识当然也会随着理论研究的深入慢慢会深一些。我发现，在绘画史上，凡是大画家都是有很好的理论基础的，像石涛、黄宾虹、傅抱石、石鲁等，这些人，即便是把他们的画忽略不计的话，在艺术史上仍然有着他们的名字，这是因为他们有着比较深刻的理论建构能力。理论和创作的交融渗透，会大大地帮助和提升我们创作的境界，让你站在历史的角度把艺术的本质看得更透更明白一些。只有当你站得高了，你的境界才会高。你才会明白自己要追求什么，而不是人云亦云。

在纷繁喧嚣的艺术市场中，能够坚持一份文人的宁静是很重要的，您是如何做到这一点的？

怎么去做呢？每个人都会有自己不同的想法和办法，我想我只有两个词，就是“淡定”和“执着”。我有自己既定的目标，不会因为市场的喧嚣而把我的目标打乱。我虽然也有很多社会义务需要完成，但只要进了画室，就会心如止水，醉心于自己的艺术世界。我想，守住文人的理想就好，只要你的心没有乱，你的世界就不会乱，这不正是佛家所讲“风动，还是心动”的禅理吗！

温友言教授曾在评论中认为您“注意从外来艺术中吸收营养，追求花鸟画的时代性和世界性”，那么，您是如何做到这一点的？

谢谢温老师！我们这一代画家都是在美术学院受过严格的素描、色彩训练出来的，你说没有外来影响是不可能的。

而时代性主要表现在一个时代人整体对某种审美或形式的偏好。人的思想受时代的影响很大，石涛讲“笔墨当随时代”，傅抱石讲的“时代变了，笔墨不得不变”即是这个道理。

世界性主要表现在艺术的共同点上，不管民族、国籍，人们对美的追求这一点是世界性的。历史证明，作为视觉艺术，追求美是艺术的一个永恒的主题。艺术所凝聚的人们对美好生活和理想的追求，大家都是共同的。

在个人的艺术创作中，我比较倾心于对唯美形式和文人清雅气质的追求，有时候甚至有点完美主义。但在表现方法上我愿意在尝试多种不同方法中寻找最适合自己的那种。

莲花荷叶一色裁

136cm×68cm

屈健：我是温和的改变者

——雅昌艺术网采访

屈健的路子一直走得很稳。1970年出生的他先后毕业于西安美院国画系、南京艺术学院美术学院，获文学博士学位。现为西北大学艺术学院院长，教授、博士生导师。

作为一个学者型艺术家，屈健近年来在艺术创作与创新上已形成独特的艺术语言和个人面貌，有目共睹。在学术研究上更是致力于“长安画派”与西北美术研究领域的深耕细作，主持完成了国家级项目及教育部人文社科、中国文联、省哲学社会科学等基金项目10余项。获得了包括教育部论文奖励3次、省哲学社会科学优秀成果奖3次、市人文社科4项、省高校人文社科奖4次及中国文联文艺评论奖二等奖、首届陕西美术奖（理论评论奖）最高奖、第四届陕西文艺评论奖一等奖等多项奖励，产生了广泛的学术影响力。

同时，作为西北大学艺术学院院长、西北大学公共艺术教育中心主任，西北大学美术学科带头人，屈健将西北大学艺术学院、西北大学美术学科及公共艺术教育建设得风生水起。

在9月中旬由文化部、陕西省政府主办的“第四届丝绸之路国际艺术节”上，西北大学和陕西省文化厅承办了“长安画派和丝绸之路艺术学术研讨”，邀请了国内百余位专家深度参与论坛研讨，引发了国内艺术界、学术界的普遍关注及数十家一线媒体的连续报道，是艺术界的一件盛事。在论坛落下帷幕之后，我们来熟悉下这位幕后掌门——西北大学艺术学院院长屈健。

雅昌艺术网：屈院长，这次“长安画派和丝绸之路艺术学术研讨”非常成功。不仅重新回顾了“长安画派”的历史价值，同时与国家“一带一路”的倡议结合到一起。您当时是处于什么契机来策划此场大型学术论坛的？

屈健：首先是我们学院学科发展的目标和国家“一带一路”倡议的整体思路是相符合的。经过多年发展，西北大学艺术学院在学科发展的定位上，已日渐明晰，建设“长安画派与西北美术”“丝绸之路艺术文化”“艺术与科技融合”三支教学、研究团队，打造既有特色又具优势的学科研究方向是我们迈向“一流学科”的依托。而“长安画派”与丝绸之路艺术作为我们主要的研究方向，近年来取得了一系列的突出成果，具备了影响和引领该研究领域的扎实基础。恰好文化部和陕西省人民政府主办丝绸之路国际艺术节，结合学院研究优势和特色，我们申报了这个选题，得到文化厅及学校相关领导的赞同和大力支持。就这样，经过近三个月筹备，使得此次学术研讨会得以顺利召开。

雅昌艺术网：我们都知道，您个人的理论研究领域也是以“长安画派”为中心。您是从什么时候开始做理论研究的？

屈健：2004年，我考入南京艺术学院攻读博士学位时确定研究的方向就是“长安画派”。那时候对“长安画派”的研究者和关注者还是比较少。影响比较大的学者像北京的刘曦林、郎绍君、刘骁纯等以及西安的王宁宇、程征、叶坚、王非等，在20世纪八九十年代相对集中写过一些论文，研究多以石鲁、赵望云等画家个案为主，对“长安画派”系统性的研究还没有展开。作为新中国建立后产生的两大重要画派“长安画派”和“新金陵画派”，无论是学界还是普通群众，大家对“长安画派”的认识高度还远远不够。刚好我在西安生活几十年，有地域便利，又是美院中国画专业出身，对“长安画派”画家和作品比较熟悉，就开始尝试对“长安画派”进行综合和系统性的研究，用三年时间完成了《“长安画派”研究》博士论文，成为这一研究领域较早完成的一部综合性研究成果。此后在这个基础上，一点一点地推进，并且一直持续到现在。

富贵神仙

136cm×68cm

夏日荷塘

46cm×46cm

荷香

46cm×46cm

雅昌艺术网：您研究“长安画派”有十二三年了，也发表过许多有影响力的文章，出版过专著。经过综合系统研究之后，得出的最重大的研究成果是什么?

屈健：多年研究以后，我最重要的结论是：“长安画派”的研究目前才刚刚开始，还需要更多的学者介入，做更深入的甚至跨话题的研究。我的感受是，作为新中国生发，且影响深远的中国画流派，我们不应该还是用农耕时代的画派观念认识这个虽在艺术风格上具有地域特色，但在思想意识上已经完全跨越了地域、代表国家意识的绘画流派。这可能是我和之前的研究者所主张的最主要的不同点。

为何说是跨地域画派？“长安画派”和传统画派的成因不一样，绘画历史上曾出现了吴门画派、松江画派等等，它们最大的特点是以师傅带徒弟的形式师徒相传。由于当时农耕文化导致信息交流的封闭性，使得师徒相传体现的是个体理念，徒弟沿承主体艺术家的风格，形成一个画派，它代表的是农耕文化个体的、作坊式的结果。而“长安画派”是在20世纪50年代，由国家提出改造“旧国画”的思路，由“长安画派”来回答这个问题的。怎么去改造？这不是石鲁，也不是赵望云的私人理念，是文艺座谈会之后，国家提出的一个继续沿着“文艺为人民服务、为工农兵服务”的理念。也就是说，这个课题是国家给出的，正如我们今天的研究课题一样，你可以研究一个地域的问题，但如果这一课题被国家社科基金所关注且资助，它就是一个国家课题。话说回来，尽管“长安画派”在表现对象上具有地域的特色，但是它生成的诸多环境因素和场域并非农耕社会，它不是封闭的地域产物，因此“长安画派”是跨文化、跨地域的。它的影响也是跨地域的。

雅昌艺术网：您在研究方法上除了看资料、看他们的作品，看相关展览、跟同行交流、有什么特殊的途径？

屈健：目前我主持的一个国家社科艺术基金项目是《“长安画派”口述史》。这是用一种比较新的方法来进行研究，因为过去我们研究的都是正史，都是官方书写的历史。但群众口中也有历史，特别是“长安画派”画家们的学生和家属还健在的时候，这一口传历史离我们还不远，其“写真”程度还比较高。口述历史法作为国外学者较早采用的一种研究方法，近年来日益引起人们重视。我在项目的完成过程中，采取录像、录音、记录等多种方式，对历见者进行系统的口述历史的抢救性搜集与整理，应该会对以后的研究提供最忠实的一手资料。目前我们的采访已完成50万字，计划应该到100万字。对当时“长安画派”六大家都会接触，甚至其他的外围层及一些研究专家、学者也会接触到，希望通过口述史的方法，为新的研究拓宽一点路径。

雅昌艺术网：“长安画派”口述史研究进展多久了?

屈健：进展第四年了。除了一手资料的搜集证例外，我现在还带了三个博士在做这方面的研究，其中一个博士已经毕业了，完成了一本《“长安画派”口述史研究》的博士论文；另外两个博士的研究正在进行中。

雅昌艺术网：长安画派几位代表画家像赵望云、石鲁、何海霞，您个人创作受谁的影响比较大?

屈健：我的创作主要侧重在花鸟画。实际上更多的是受“长安画派”精神的影响，这种影响是潜移默化的。如果从绘画的实践上讲，何海霞、康师尧对我的影响更大一些，其实我个人偏好上更喜欢何海霞。我在个人创作观追求的是中正气象、文人气质和唯美形式，这几点在何海霞先生的作品中最为明显，他是从传统正宗来的，更符合我的气质。我是学院教育出来的，一直讲究万变不离其宗，我一直的一个理念是创新只走半步，我偏好稳扎稳打稳健地去走，而不是追求突然爆发。石鲁先生是天才型的人物，是百年不遇的，他是拿他的整个生命在作画。赵望云先生只为苍生代言，不画不劳动者。这两位大师是学不来的。我的气质更偏重文人画，和何老、康老也许更接近一点。

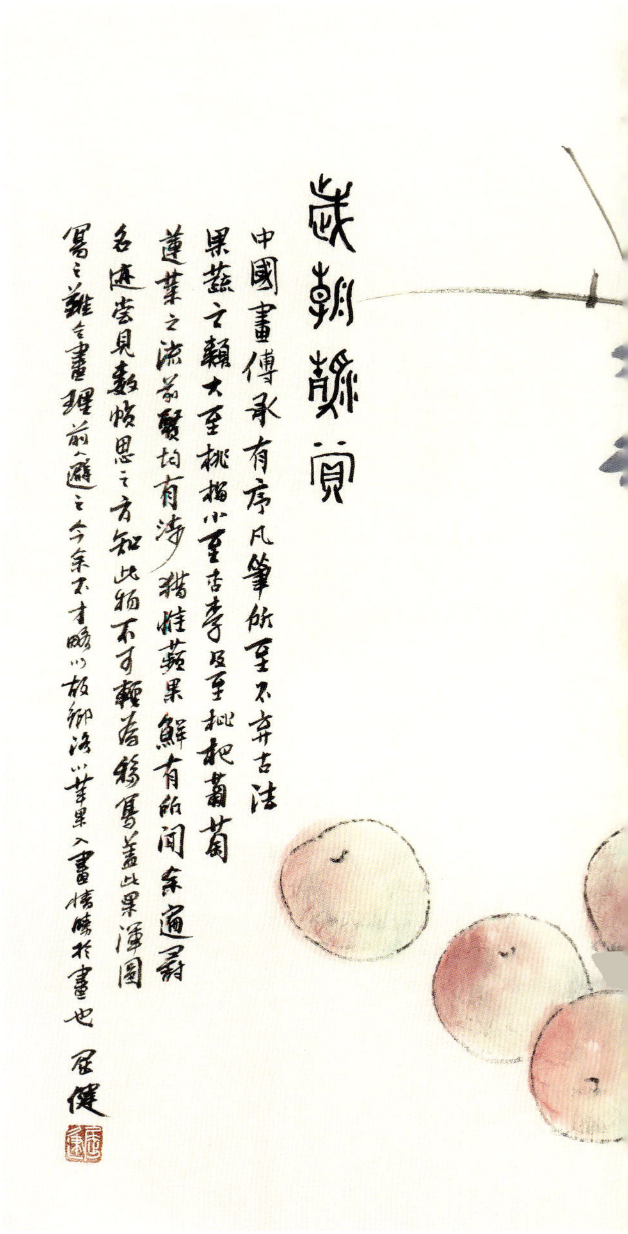

雅昌艺术网：“长安画派”时代是历史造成的，已经成为一个高峰。那么您认为“长安画派”后继有人吗？有后“长安画派”和新“长安画派”吗？

屈健：“长安画派”是历史造就的，回头看，也不能不说也有有意识打造的成分。方济众说：60 年代以前的“长安画派”是由赵望云来主导，60 年代以后是由石鲁主导。

“长安画派”对绘画史来讲是一个历史概念，与历史上任何一个画派都是一样的，不可能万寿无疆。在它之后，一定会有众多的追随者，也会有更多的创新者。人生代代无穷已，画派也不例外。

雅昌艺术网：您的理论研究还会继续以“长安画派”为主吗？

屈健：是的。不仅我个人，这也是西北大学艺术学院学术研究团队的研究方向之一。外界对其认知依然不够，还需要不断挖掘、宣传。

雅昌艺术网：您主要从事花鸟画创作，是美院读书时就主攻这块吗？

屈健：我 1988 年考上的西安美院国画系，后来 1994 年继续在西美国画系读研究生。我美院最早考进去是山水专业，但我是一个急性子，山水要几天磨一张画，我实在适应不来，就改画花鸟了。我是节奏很快的一个人，在班上画画是出名的快，别人画一张，我能画两三张，不惜纸，所以“废画三千”。我觉得我的提高最大可能就是因为多画而获益的。但是很奇怪了，我画工笔花鸟不急，画山水就急，这也许就是我和花鸟画的缘分吧。当然，我有时候也画山水，只不过不把它当主业罢了。

雅昌艺术网：您早期主攻工笔花鸟画，什么时候转型写意的？

屈健：2005 年之前基本上都是以工笔为主，后来逐渐转向以写意为主。可能到一定年龄对笔墨的悟性和理解不一样，现在更多的是表达自己，不像早期是创作的心态，考虑观众、展览的视觉感受多一些，不再为画而画了，而是想画啥就画啥。譬如最近

岁朝图

68cm×136cm

传统中国画意象构成中所谓“笔墨”实为连接自然万象与画家心灵的一把钥匙，是成就画面气韵生动的最为关键的要素之一。“笔墨”从单纯的笔和墨的组合升华为表现情感的手段，使这种缺乏足够具体形象性的符号具有了诸如“温雅”“淡定”“浑厚”“滋润”“沉雄”“苍茫”等审美属性。而成为集情感、想象、哲理于一体的统一体，为中国画最终意境美的形成创造了条件。

（摘自屈健《论中国画意象生成的形式要素》）

雄鸡

68cm×68cm

画猫，我就觉得很好玩。给学生上课，学生在画，我也不能闲着，就拿一个很小的纸片画，反而笔墨放得开。看我其他的画都是画的正儿八经的，很传统文人气质的那种，画猫这种小画倒能够体现我性格中调皮的一面，不是那么正襟危坐的样子。

雅昌艺术网：您核心的创作观是什么？

屈健：中正气象、文人气质、唯美气格。这些年，我在创作上一直把唯美作为一种追求，我觉得画最基本的要求就是能传承文脉，堂堂正正，能让人看得懂，看着美。最近这些年又慢慢趋向于在文人的世界寻找对诗书画的结合，以及画面所体现的优雅气息和文人内涵，能够让人在欣赏美的艺术时安静下来的那种感觉。

雅昌艺术网：从形式上的唯美到精神上的沉静、文人气，这是一个变化。

屈健：这是一个缓慢的过程。好像是最近这几年才有点儿开窍了。自己对画面开始有意识地有一些追求，开始淳化画面各要素与气息。

雅昌艺术网：您属于勤奋高产的画家吧？

屈健：算是吧！我的特点是，第一精力比较旺盛，干活不觉累。第二效率比较高，干事比较专注，手头出活。另外我也肯用功。经常晚上一两点睡觉，早上六点半、七点起床，一天再不挨床了，这样几十年如一日地干下去，一般体力不好的人真的熬不住。当然现在回过头看，觉得年轻的时候太拼了，也尽量注意点，放缓节奏。画画也算高产，一年在各种杂志、报刊、画册上也能发表作品大大小小不下百幅吧。

雅昌艺术网：南艺读博士对您的影响是什么？

屈健：南艺很开放、很包容，到处充盈着自由的氛围，我很喜欢。它的校训是“闳约深美”，我对它的“闳”、即它的包容、厚重、博大体会很深。用现在我自己的眼光看，我在南艺读博，应该不算很能坐得住的那种好学生，因为那时我还在做艺术系主任，事情很多。老是往返于西安与南京，在学校待的时间就相对较少一些，一般待两三周的时间，最多待一个月就得回来处理一些单位的事务，但是南艺，包括我的导师周积寅先生都特别开明，不计较这些，给了我最大的理解和包容，这对我的影响很大。所以我也是一个开明的导师和学院管理者。

雅昌艺术网：您从南艺毕业之后开始写一些美术研究方面的文章？

屈健：从进了南艺读博士起，写的文章相对比以前要多一些。好像写东西也需要有一个认识，年轻时候只能说把文字弄顺了，自己思考得少，缺少思想。随着时间的推移，相对来说更注重学术研究的思想性和创新性了。

雅昌艺术网：您既创作又搞理论研究，这两者之间有什么相互作用吗？

屈健：创作和理论研究，互相促进，是我学术生涯的两翼，我在其中比较自由地转换，深得其中乐趣。比如说创作久了就读读书，写写文章。理论研究累了就去画画放松一下，这不但是一个学术互相补充的过程，可以避免自己做空头理论家或只会画画技巧的工匠，也可以顺便调节颈椎、腰椎的不适，值得推广一下。

雅昌艺术网：画画是您生活中最重要的事情吗？

屈健：是的，画画是我生活最快乐的部分之一。另一部分相对比较艰辛的是艺术理论的研究和写作。

雅昌艺术网：接下来我们谈下学院的事情。首先请屈院长介绍下我们西北大学艺术学院的发展历程？

屈健：我们西北大学艺术学院的前身是西北大学美育教研室，是1985年成立的。1994年建立艺术系，2006年成立艺术学院。我是1997年西安美院研究生毕业过来做老师，1999年做系副主任，2001年任系主任，2006年艺术学院成立后任副院长，2012年任院长至今。

我们学院是一个非常和谐的学院。我们的班子和教师都很团结，艺术学院从小变大，从弱变强，离不开班子成员、每一位老师的互相理解和精诚团结。按照现在的惯性发展，以后艺术学院的力量会越来越强。

雅昌艺术网：现在我们学院的人员和系科结构是怎样的？

屈健：艺术学院现在有专职教师40多人，加上行政管理人员，共50多人，教师队伍还会扩大。现在我们的专职教师队伍中，有将近20位教授、副教授，近20位博士，平均年龄还不到40岁，教师中博士比例超过40%，这在全国艺术院校中都是比较领先的。所以成长性非常好，未来五年、十年以后一定会显示出优势来。

学院现设三个系，分别是艺术设计系、动画与数字媒体系、美术学系，在校学生近1000人。学院的发展定位是本科教学偏重应用实践，研究生注重理论与实践的结合。目前学院在学科发展上，主要着力凝练三支学术研究团队，即“长安画派”与西北美术、丝绸之路艺术文化、艺术与科技融合三支队伍，已初具规模。总体来说，艺术学院要想在未来发展中按照“双一流”的要求进行跨越式发展，赢得同行的认同，办出特色，办出水平，离不开一流的人才队伍，离不开开阔的视野和不断地改革创新。

雅昌艺术网：那么，我们艺术学院的特色是什么？

屈健：如果说特色，我想我们正在建设的西大艺术学院，在学术的基础上应该是充分发挥综合大学的多学科交叉优势，更加注重理论与实践的结合，更加注重复合性，不贪大求全，但要在某些研究领域取得突破，形成优势。这和专业院校有很大的区别，专业美术类院校是史论系搞史论研究，国画系、油画系主要搞创作。我们则倾向于两手一起抓，即一手抓创作实践，一手抓理论研究。这些年来我们在学术研究上相对做的比较突出一些，在创作上专业成果分布还不均匀，还需要继续加强。

应该说学院和西大的前进是同步的，我们正在建设的是一个

又遇名花小神仙

136cm×68cm

果熟来禽

68cm×136cm

研究型的艺术学院，而不是一个教学型的学院。我们从五六年前一年招本科生 260 人，到现在招生不到 160 人，研究生每年招生 30 人到现在每年招收近 60 人，可以看出，本科生招生规模是逐年缩小，研究生规模则越来越大。

雅昌艺术网：您的治院理念是什么？

屈健：艺术学院的发展离不开长期稳定持续的发展，离不开艺术人一代又一代的坚守。我非常看重学院文化的建设和学院精神的承传，我把它概括为四个字："闳美笃新"，"闳"是包容、博大；"美"是我们所从事的事业，是致美；"笃"是忠诚、是一以贯之的处事风格；"新"是求新，图新，不墨守成规。

艺术学院多少年来一直把"知行合一"作为自己的坚持，在强调实践性、应用性的和综合能力同时，特别注重对学生审美品位、价值观、批判精神和创新能力潜移默化的引导，鼓励学生独立自主地思考问题和解决问题。我觉得我们一直非常稳定地在向前走，从未停歇。我认为对于一个学院、一个学术团队来说，稳定性要胜过所谓一时的突破性，改革不是猴子掰苞米，也不是"大跃进"，而是对优秀传统毫不犹豫承传基础上的对缺陷和不足的修正。我要坚持把治院当成一场相对稳定的"马拉松"比赛来看待，让每一位成员都能优游于其中，从容不迫地寻找自己的价值实现时机，走到最后，笑到最后。我的观点是：创新只要走好走稳半步，就是最大的进步。

雅昌艺术网：感谢您接受采访。

屈健：谢谢雅昌！

吉祥富贵四条屏

136cm×32cm×4

《春水碧如天》的构思产生于一次颇为偶然的诗意联想。那是十余年前的一个樱花将谢的暮春，我去植物园写生，溪边小桥，粉色的花雨纷纷落落，远远望去，池边仿佛是一片迷离的花海，这使我想起了司空图的“空潭泻春”的句子，那种突然间油然而生的感动竟使我的心灵在片刻产生了一种挥之不去的忧郁与震颤。是啊！春天是娇弱的，世间一切美好的事物何尝不是如此呢？于是，就有了“紫陌红尘傍水栽，春风不扫旧亭台。曲江池畔花千树，年年匆匆为谁开？”这首小诗。

（摘自屈健《在传统与现代之间》）

今日非昨日

136cm×68cm

入耳秋声

46cm×68cm

1956年，在赵望云的推荐下，何海霞、康师尧、叶访樵、陈瑶生、郑乃珖等流散在社会上的实力派画家被吸收进西安美协工作，国画创作的力量进一步得到整合充实。这支队伍与从延安到来的石鲁、李梓盛，以及版画家刘旷、修军、张建文，油画家蔡良、张自嶷夫妇，批评家陈笳咏等会合，形成一支力量强大的美术创作队伍，共同营造了一个以中国画为主，多画种并肩探索发展的局面，创造出了令人瞩目的成就。在这个新“中国画“创作思潮中，同时善于理论思维的西安美协副主席石鲁提出的“一手伸向传统，一手伸向生活”和“成家立业”、创立“独特风格”的主张，成为西安画家尤其是美协西安分会国画研究室共同的追求。

（摘自屈健《艺高人贵 术巧成风——赵望云艺术论》）

空纳万境

46cm×68cm

1944 年初秋，日军扬言进攻潼关，西安城内人心惶惶，为避战乱，赵望云举家迁往平凉，在比较安静的环境中作画，整理西北旅行画稿。直至日本投降后又回到西安。

此后几年中，赵望云专心从事国画技巧的研究，先后在西安、银川、平凉和开封举办画展。同此间赴西北写生的韩乐然、司徒乔等油画家一样，激活了本已荒漠了的艺术创造活动，影响了一批艺术青年走上面向民间、面向大众的艺术新途。同时，收三位流浪异乡但有艺术潜质的失业青年黄胄（1944 年 1 月）、方济众（1946 年中秋节后）、徐庶之（1947 年 3 月）为入室弟子。1945 年组建“平明画会”“青门美术供应社”；1946 年主编《雍华》杂志，传播各门类艺术，倡导新“中国画”……成为进步艺术的组织者和活动家。

（摘自屈健《艺高人贵 术巧成风——赵望云艺术论》）

年年有新枝

136cm×68cm

桃李枝头花渐空

136cm×68cm

1943年1月23日，赵望云将首次西北旅行写生所得作品在重庆展出，《新华日报》称“陪都近来画展之多，几有目不暇接之势，但能如赵氏之刻绘民间疾苦，取材现实生活者，尚不多见”（题《西北河西写生——赵氏望云举行画展》）。冯玉祥、郭沫若、老舍、茅盾、田汉、阳翰笙、梁有铭、王昆仑、曹梦君、张西曼、高龙生、关山月等人均去会场。周恩来也参观了展览，派八路军办事处高参王子沐订购了一幅《相马》，并转达了希望赵望云在西北旅行时，如有机会并愿意去边区一游的话，那里是随时欢迎的，后因赵望云恐受国民党特务的迫害而未敢成行。

郭沫若则赋诗二首，一为《画史长留束鹿赵》，赞曰：“独我望云子，别开生面貌。”二为观赵望云、关山月《松崖山市图》，作《松崖山市》诗，称“望云与山月新起国画家中之翘楚也，作风坚实，不为旧法所囿，且力图突破旧式画材之藩篱，而侧重近代民情风俗之描绘……对此颇如读杜少陵之沉痛绝作”，五言诗中有“现实即象征，浑如杜少陵”句（《赵望云自述》，载程征编《从学徒到大师——画家赵望云》）。将赵望云与诗圣杜甫相提并论，足见赵望云艺术的现实风格特质。

（摘自屈健《艺高人贵 术巧成风——赵望云艺术论》）

岱宗夫如何

40cm×60cm

只有天在上

40cm×60cm

梦里桃花源

50cm×50cm

春到陕北

40cm×68cm

西北望长安

40cm×60cm

名家述评节选

与大多数从事艺术理论研究和艺术创作研究的年轻学者或画家不同的是，屈健在艺术上的修养比较全面。因为他既具有美术学院中国画专业扎实的创作实践背景，在中国画创作上已经取得了不俗的成绩。同时他又具备良好的艺术理论研究的能力。因此，我们从他的理论研究中看不到从书本到书本的生搬硬套，而是能够感知到他从艺术理论与创作实践的应用中发现的新的视觉、提出的新的见解。从他的艺术创作中看不到时下流行的浮躁与盲从，在面对纷杂的现实而显得从容、镇静，他决心要徜徉在传统与现代之间，构架起一座桥梁，坚守住一份理想，这也正是他理论研究与创作的特色。从这个意义上讲，用“学者型画家”来概括屈健是再恰当不过的了。

庄子曰：“水之积也不厚，则其负大舟也无力。”当代艺术创作与艺术理论的研究既要面对日益开放的世界、要有追索中国传统艺术精神的自信，也要有对中国现代艺术发展的自省、对普遍情感和个性关系的把握，这需要很好的悟性。屈健已完全具备了这样的素质，就让我们拭目以待吧！

（摘自《行走在传统与现代之间》，作者：周积寅，著名美术史家，南京艺术学院教授、博士生导师）

屈健的画正如其人一样，灵秀、清纯、雅静、深邃，充满幽情逸致。诚挚的艺术态度和精勤的从业精神是他

能工能写，题材遍涉天地水陆花鸟世界和春夏秋冬山水景物，并兼及书法。

其工笔花鸟画勾线细劲，笔致直令灵动，赋色古雅清丽，既有宋画的精湛和诗意，又有晋人优雅的情怀；其写意作品笔精墨妙，形象洗练，富有雅趣。

中国艺术素尚“情”之真和“境”之美，屈健的画正是在这方面体现出了他的自觉，而这一点也正成为他在画坛崭露头角，显示不俗实力的重要原因。

（摘自《屈健艺术简评》，作者：赵权利，中国艺术研究院研究员、博士生导师）

屈健先生的花鸟画秉承了中国传统花鸟画的艺术理念与创作方法，工写兼备，讲章法，重笔墨，尚意趣，画面清新明快，格调淳朴自然。

（摘自《屈健花鸟画》，作者：贺西林，中央美术学院人文学院教授、博士生导师）

屈健的画，是在宋人工笔和文人意趣之间穿梭往来，在亦此亦彼、非此非彼中挖掘出一块属于自己的天地。这使我想到了“新文人画”。这种陶醉于文化人茶余饭后悠然萧散、婉约抒情的绘画样式，恰当地反映了新都市文人细腻敏感的情感世界和回归古典的怀旧情结。屈健工笔花鸟画中的思想内蕴与此不无关系。从本质上讲，屈健是一位文人化的画家，在他的内心世界又不乏洒脱与放达的润泽。虽然其作品的外在形式仍具有宋画的严谨，但他对画面气氛的营造，却打乱了“自然外形”与“花鸟程式”的正常秩序和结构，在适度的

整合中试图赋予工笔花鸟画一崭新的视觉和精神内涵，使传统的形式语言得到重新阐释和扬弃，与宋画拉开了距离。

在表现语言上，屈健重视单纯、整体的画面构成与色彩气氛，但却不舍笔墨，以墨为本，以墨求色使他的画面意境清明，况味悠长，塑造出一派“空山新雨后”的清新格调。

（摘自《诗性的穿越》，作者：杨斌，中国艺术研究院研究员、文化艺术出版社社长）

中国画是提倡表现的艺术，是流淌心灵感悟的形式中介。屈健侧重于从文人画中去研究传统意义的继承和对自然生活的阐述，故在临池时意气风发，勾线泼墨干净利落，构图疏密有致，用笔虚实相生，创作出一幅又一幅或春草昆虫、或秋树珍禽、或佳果异花的佳作，体现了传统绘画中习见的水晕墨章，在鲜明的形式感中传达了令人叫绝的笔意墨趣。这使他的作品巧妙地从大自然中提炼并升华出一种力与美的诗情画意，以高尚的审美情怀和自己的语言方式，把传统文人画的意境巧妙地显现出来，体现了画家对美的高度重视，对大自然的

高度关注，以及对于生活的高度热爱。

谢赫六法中，中国画的最高境界或曰追求是“气韵生动”。气韵生动是艺术技巧的高度表现，是精神境界的自然流露。屈健的作品强调意境，在笔、墨、色方面的运用，都经过了反复斟酌，讲究笔意、笔理、笔法、笔趣，为的就是使作品产生强烈的视觉冲击力和艺术感染力，抒发自然的精神状态。

（摘自《胸中气韵 笔底风流》，作者：蔡显良，暨南大学艺术学院教授、博士生导师）

屈健擅长工笔花鸟，他的作品令人观之有如烟如梦，如醉如茗的感受，恍惚间就让我们沉迷于他所营造的幻境中。他高超的工笔花卉造境之能，运之于写意花鸟画，同样产生了与之相类的味道：细腻、敏锐、隽永、澄明。娟雅而富有骨力的勾勒、妍媚而舒淡的着色、恣肆而严谨的造型处理，让我们似乎看到了一个生动活泼的绚烂世界，更看到了古人“画如其人”古训的当代版本。澄怀味象，这是我最喜欢使用的一句古话，屈健的花卉草虫创作，同样能够让我们心境澄澈、了然舒朗。

（摘自《屈健花鸟画艺术》，作者：贺万里，教授、扬州大学艺术学院院长）

作为学者型画家有普通画家不具备的素质：理性深刻的分析力与敏感丰富的想象力，前者源于学者严谨的治学态度，后者迸发画家痴迷的创作状态，二者兼备实属不易，甚至有时会产生冲突与矛盾。如何平衡理性的把握与情感的释放是每一位具有学术品位的画家长久积淀、锤炼、探索、研磨的课题。而从屈健的花鸟画中，我看到了一位沉潜于艺术实践的学者，在学术艰辛

之余努力探索花鸟画的各个门类、题材、技巧的要诀，甚至达到工笔、写意无一不能，无一不精的程度，所以我称屈健是一位能够驾驭传统笔墨而阐发民族性格和时代气息的当代学者型画家。花鸟画是我们民族艺术的独有形式，它有赖细微神妙的笔墨语言化自然实相为艺

术空灵，引导观者精神飞越，超入美境，由美入真探究宇宙生命的节奏。屈健精熟笔墨，点画间或纡或直，或轻或重，或疾或徐，或疏或密，寥寥数笔自然界的花花鸟鸟跃动纸上，但他又不全依赖对自然的描摹和复制，笔情墨韵间的勾勒、渲淡、点厾早已把刻画物象从实体中解放出来，以“写”的笔法塑造自我创构的形式，表现万物的生动气韵，传递出作者独有的生活体验和生命情调。所以屈健的花鸟画是抒发性灵的乐章，是自然生命的赞歌，实现着一个充满诗情画意而富创造性的和谐境界。

（摘自《宛转笔墨间的性灵》，作者：黄戈，江苏省国画院副研究员，傅抱石纪念馆副馆长）

屈健的花鸟画有两条路子，一种是工笔花鸟；另一种是写意花鸟。工笔花鸟画是最能体现一个画家对生活的体察力度和敏锐程度了，因为它全靠细节来赢得读者的兴趣，也是全靠细节来征得艺术的感染力的；我平时看工笔画，就非常注重看艺术对象的细节刻画，有鸟的话，我就非常留意鸟的身体结构有无错落，羽毛的组织排列有无违背自然生理的地方；有花草的话，我就非常注重看叶子的转侧变化以及叶脉、叶柄与枝干之间的穿插关系以及细节变化等等，然后再看勾线和渲染的功夫。屈健近年来的工笔画毫无疑问在这些方面都令我得到了极高的审美满足。如《远水轻烟》里的水鸟、荷叶、枝干的穿插组织等，这些一看都是从生活里来的，有着深度的生活体验和细腻的感受。《菡萏香销翠叶残》里的鸟，还有荷花花瓣的转侧、花蕊形态的组织和花瓣与莲蓬间色彩细腻而丰富的变化等等，如果没有高度的敏感和全身心的投入，是万万刻画不到这个份上的。其实工笔画不难，考验的是画家敏锐的观察能力和细腻灵动的表现功夫。很多画家由于按捺不住性子，坐不住冷板凳，所以就画不了工笔花鸟画。而画写意画呢，恰好需要背靠这样的基础。欧阳修当年告诫苏东坡要“出新意于法度之中，寄妙理于豪情之外”讲的就是这个道理。妙理与豪情的高度统一，就是写意画的艺术精神。郑乃珖先生也讲过：“要把写意画当工笔来画，而工笔画呢？要当写意画来画。”可见，写意画不是大而化之地去画画，更不是粗制滥造地去画画，而是细节处能刻画得如工笔画似的细致入微，豪放处能尽情挥洒，以虚代实，使虚实相生，那么，写意画之艺术精神就触到了实质处。屈健的写意画，得益于他平时画工笔的积淀，豪放处有细节，细节处又有提炼。绝不是那种放时放得收不住，收时又胡子眉毛一把抓。如他画牡丹，他很善于表现牡丹在阳光下光怪陆离的色彩变化和花瓣恍惚风动的瞬间感受，

画花瓣只抓大感觉，只着意色彩的变化韵律，而花蕊处，则往往竭尽心思，每一个细节都不放过。我最喜欢他笔下的公鸡，用笔简练，意态温文尔雅，不是那种穷凶极恶的样子。

屈健还有一般画家所不及之处，就是他是一位学者型的画家。他的画，他的笔墨，首先有学问的支撑在，所以多了一般画家笔下所不具备的意蕴和书卷气。赵壹当年在揭露崔瑗、杜度成功的秘诀时说他们是“博学之余，游艺于斯”，我看这也是整个中国绘画史大师们成功的秘诀和规律所在……我想，屈健的画也是这样。

（摘自《屈健和他的花鸟画艺术》，作者：刘星，陕西师范大学副教授、书法文化研究院副院长）

屈健发来近作数幅，清新、明快的画面让人眼前一亮。他将现实中常见的雄鸡、麻雀、提篮、水果、竹子、干枝梅、兰花、菊花、牡丹、荷花、芦苇等，用写实的手法表现出来，处处透露出生活的气息。他的工笔画，透着洒脱，随意间又不失慎重。而写意作品，看似不经意的泼墨点染，但构图中的呼吸却形成了独特的气场，直抓人眼球，给人以无限想象的空间，让人回味无穷……

说真的，我非书画圈人，然却有屈健、毅柳等几个同窗好友登上了艺术殿堂，他们或画国画，或画西画，并在业界产生颇多影响，我甚为他们高兴。

……

作为学者的屈健，画美，文工，这自不必再说。

与如此优秀的同窗为友，当是一种幸运和荣光了。虽说时位之移人亦移，然同学友谊在历经二十多年后，依然亲密如初。作为同窗的屈健，有雅趣，重友情。

其与毅柳君属发小，义结金兰，他们同入美院深造，均为同行翘楚。我与毅柳在高中时是同桌，那时是得了他们许多帮助的。我与他们一直保持很好的友谊。也的确，因至真至纯的同窗友谊，我们也曾以短信形式在文字里打趣。往往，一则有趣的短信我们会绕着圈发。

采撷一例：

某年夏季，毅柳发一则短信，信曰：“己丑大暑，教授学生临摹国画，得有少闲，讲苏子‘诗画一律’，信口吟得：何由雅琴飞白雪，料是知音。一时不得下联，课后苦思，恍然有悟，得：更凭毅柳生碧水，岂惧别愁。自觉意境俱佳，赠与君共赏，未知是否体恤诗家辛苦，而得享酒肉一局？”

阅后，窃笑不已，原来是屈健撰写的一幅趣联。他将他的同学我以及毅柳的名字巧妙嵌入对联，不留痕迹，意境极佳，趣味无限。

屈健每有所感所思，作诗立就。毅柳筹备画展，一度饱受失眠之苦，不得已常奋笔至夜。展览后，屈健有感而作：“十年遭遇起三更，岂唯失眠费青灯。佳句尚需夜半觅，名画当随天籁生。自古艺术酬勤奋，一鸣长安可称雄。诗书丹青成大器，画坛从此重杨公。”

他谦虚，每写诗必曰此为“打油诗”，故被毅柳戏称为“卖油翁”。

我曾以“来世与诸君为兄弟”定位与屈健等同窗好友关系，屈健云：“斯世当如是！共勉！”

去年秋季，不幸遭遇车祸，在博客记录事情始末，屈健读罢，作《新年戏赠竹屋主人》：

“二零一二年元月十四日，岁在辛卯腊月，偶登QQ，见竹屋雅琴新年愿望，甚奇。询之，示以微博，览之方知其近日遭遇交通事故，右手第四掌骨骨折，惜其不幸，感其万幸，戏而作此打油诗以赠，愿祈早日康复，从此一世平安，福贵双至。

QQ惊闻新年愿，微博再探额滴天！车偏轨迹思佐道，殷勤邀君作神仙。手缚不能暂学禅，足户难出辞教鞭。自古身困穷思变，可叹霍金作《时间》。莫非皇天赐富贵？漫教有恙胜偷闲。愿祈别此清静后，听君竹屋抚琴弦。”

毕竟，这样的有趣时光甚少，唯其少，才弥足珍贵。如今，每与之在QQ里打招呼，均以“忙”回复。忙公务、忙绘画、忙课题研究、忙指导学生……用屈健的话说“忙

得跟腊月的鬼子一样”（方言土语：很忙很忙）。

我知道，他是敬业的，也是深爱绘画的。我也知道，屈健永远不满足于现状，他所有的“忙”都是以期在艺术上达到更高的境界。祈愿他能够无忧无虑地在自由王国中，用画笔去写实，去创作，不断去涂抹更加绚丽的色彩……

（摘自雅室琴韵：《我的同学屈健》）

屈健的写意作品以秀润、劲健之笔墨见长，工笔作品更以雅逸清新之格调取胜。

其写意花鸟画明润清透，营造墨色交融、润泽清新的画面意韵。他善以极细劲的线条勾树石轮廓，再辅以墨色晕染，深浅枯润不一，极富变化。枝干、山石的轮廓挺劲，富有质感，与润墨似分实合，极妙地诠释了花鸟画中笔墨兼得的特点。他在笔墨方面功力非凡，将笔、墨、色融于一体，体现出超越笔墨的驾驭才能。

屈健的工笔画不但展现了其写生刻画的功夫，更是融入作者平淡超逸之心境，营造出宁静悠远、空寂无人的花鸟禅境。清远静逸之气从有限的画面空间弥漫开来，涤尽尘间烦恼。

（摘自《读屈健的花鸟画》，作者：张曼华，南京艺术学院教授）

在中国花鸟画中，牡丹既被人爱，又被人厌。爱它的人是因其绚烂饱满，厌它的人是嫌其太“俗艳”，而屈健笔下的牡丹，却让人觉出了绚烂之中的天真气质。

两朵三朵四五朵，或分或合或聚散，有放有含，有情有态，极尽自然之致。花衬碧叶，枝憩小鸟，横生别趣，这是我对屈健所画牡丹的大体印象。他的画灵活多变，有时配以竹篮藤筐，有时置于砚边案头，有时疏篱扶影，有时美石相倚。细赏其笔墨，水色饱满，情致淋漓，寓婀娜于笔端却显得格外纯净温润，不觉让人有涤荡心神之感。

人常说，“画品归人品”，“真情出自然”，屈健笔下牡丹的这种远乎“俗艳”的纯净之姿，正是他内心温雅灵秀气质的自然流露，是赋予牡丹绚烂之中天真之美的精神源泉。

（摘自《绚烂天真画牡丹——屈健和他的彩墨牡丹》，作者：赵权利，中国艺术研究院研究员、博士生导师）

屈健作品中的诗意情节最显著的是以雅的面貌呈现的。这种关联性情的美之特质是中国传统美学的自觉追求，是中国传统民族性本真流露的心灵归宿。屈健作品根于固有的民族性，在这种雅之情怀和淡之心境中又隐含着些微古意，而这种画面古意的典雅和屈健精神深处的澹然却往往以新的物象组合呈现而出。因此，这诗意化的古雅和古淡成为屈健作品流美品格的最终落实。

（摘自《梦境·流美》，作者：赵权利，中国艺术研究院研究员、博士生导师）

对于他的艺术探索之路与他的作品，一字以概之：“灵”。“灵”有三意：一是艺术操守的灵活；二是意境的空灵；三是诗化的心灵。

在屈健的艺术世界里，兴趣促成了他艺术视角的多向性，他的博采没有太多刻意的成分，而是随缘而来，随趣而至，优游于艺术。

他的画是多样善变的，然而其情之所衷却在宋调。宋画的境界，宋词的襟怀，仿佛是他不期而遇的一个古代知音。他喜欢宋词，也正是这似乎画外的兴趣塑造了他的诗心，也使他在旁弛博骛、转益多师中不致歧路亡羊。这诗心不是与个体感情欲望相联系的个性释放，而是情与理的统一。这也使得他的画在保持感官愉悦的前提下，又不失精神追求的深度，使他艺术的文化之根获得一种深厚的土壤，正应了“功夫在画外”这句话。

他的灵气还通过他作品中的笔墨、布局表现出来。花鸟要能飞鸣栖息，动静如生，这就要求画家既要有把握形象的娴熟技能，还要有对笔墨形式意味的深刻体会。他的工笔花鸟画，在主要形象上的用笔轻盈圆转中透着沉着，既不张扬，也不纤弱，使灵动之气在画面中无声无臭而又坚定地流动着。用墨则泼辣活泼，浅施重染，随机而生，留走自然，使画面生出一种浑融朦胧之境，也加强了线的虚实、隐显的丰富变化。用色单纯明净，与水墨交织在一起的效果似有天籁之光徜徉其中，愈显通脱灵透。尤其是画面上随意自然的墨晕，无形而有情，无笔而缥缈，上下贯通，尽得风流。

（摘自《上下求索 出入潇洒——略论屈健的花鸟画艺术》，作者：杨斌，中国艺术研究院研究员、文化艺术出版社社长）

后　　记

《画境文心——屈健艺文自选集》即将付梓，感以记之。

出版这本艺文集，尽管有很多想法，但一直不停地否定，从作品、图片选择、版式设计乃至整体构思，断断续续地持续了一年多时间，最终还是不能让自己满意，诸君也一定会和我有些许同感。艺术作品就像是艺术创作者的孩子，养她长大毕竟倾注了不少心血，拿出来请大家批评，正是为了帮助她更好地成长。

1988年，我怀着对艺术最为炽烈的梦想，一心报考西安美术学院中国画专业。记得接到通知书的那一刻，我正在洛川老家村子里修地球，是乡村邮递员把我的梦想带进了现实，那情那景我至今难忘。如此算来，自己投身专业的艺术海洋至今已有31个年头了。研究生毕业进入西北大学任教也已22载。那个曾经青涩的追梦少年，已经成长为青丝杂雪的“导师”，带着像当年自己一般年纪的孩子追梦，这份感觉，恍如昨日。我对学生的要求是“研创并举，博而后专；闳美之道，德艺双修”，我相信青出于蓝。

读书、讲课、作画、写作，这是我的生活日常，我在不断切换自己角色的过程中寻找乐趣。再忙，我也知道自己的本分，知道自己赖以栖身的手艺不可荒废。学院的管理工作虽然细碎烦琐，但我一路幸运，和我共事的几任班子成员和同仁个个比我能干，替我分担了大多数的工作，我发自内心真诚地感谢他们慷慨的付出和对我的呵护。业余时间也可能写几句小诗小词，也可能应和各路朋友的、社会的、私人的、公共的事务性活动，尽自己的社会角色和作为一个文化人的义务。能够有一些成果，能修得今天的福气，这不是我个人的能力所为，也不属于我个人，而是我们共同的。感谢我的家人、亲朋、同事、学生以及所有支持帮助包容我的朋友们！感谢西北大学！

屈　健

2019年7月18日

西北大学“双一流”建设项目资助

Sponsored by First-class Universities and Academic Programs of Northwest University